KB138881

LA LITTÉRATURE FRANÇAISE

ANNIE ERNAUX

L'AUTRE FILLE

1984BOOKS

다른 딸

아니 에르노 지음 • 김도연 옮김

아이들은 믿음으로 인해 저주를 받는다.

— 플래너리 오코너

작은 수첩의 누렇게 바랜 두꺼운 표지에 오래된 갈색 톤의 타원형 사진 하나가 붙어 있어요. 스칼럽 장식의 쿠션 더미에 몸을 4분의 3 정도 기댄 아기 사진입니다. 아기가 입은 자수 블라우스에는 넓은 끈이 하나 달려 있고, 그 끈에 커다란 리본을 묶어서 어깨 뒤로 살짝 넘겼는데, 마치 거대한 꽃이나 대형 나비의 날개처럼 보여요. 마른 편인 아기는 길게 누운 채 벌어진 다리를 테이블 끝에 닿을 정도로 쭉 뻗고 있어요. 둥근 이마 위로 흘러내린 곱슬곱슬한 갈색 머리칼 밑으로 집어삼킬 듯 강렬한 두 눈을 크게 뜨고 있고요. 아기 인형처럼 양옆으로 벌린 팔을 보면, 마치 위아래로 흔들어대는 것만 같아요. 금방이라도 팔짝 튀어 오를 듯이 말이죠.

사진 아래쪽에는 'M. 리델, 릴본'이라고 쓴 사진가의 서명이 있습니다. 너무 더러워져서 절반쯤 벗겨진 표지의 왼쪽 위 귀퉁이에도 사진가의 이니셜이 박혀 있고요.

어렸을 때, 사진 속 아기가 나라고 생각했어요. 아마 그렇게 들었던 것 같아요. 하지만 그건 내가 아닌 당신이었어요.

사실, 똑같은 사진관의 똑같은 테이블에서 나를 찍은 사진도 있습니다. 당신처럼 갈색 곱슬머리이긴 한데, 통통한 아기예요. 동그란 얼굴에 눈은 움푹 들어갔고, 한 손을 허벅지 사이에 넣고 있어요. 두 사진이 참 다른데도 그걸 이상하다고 생각해본 적이 한 번도 없었네요.

모든 성인 대축일 즈음이었죠. 무덤 두 기에 꽃을 바치려고 부모님과 당신이 묻혀 있는 이브토 묘지에 갔습니다. 매년 가는데도 무덤 위치는 왜 매번 잊어버리는 걸까요? 그래도 중앙 통로로 들어서자마자 부모님 묘소 옆의 당신 무덤 위로 솟은 새하얀 높은 십자가를 보고 길을 찾곤 합니다. 나는 두 무덤 앞에 각기 다른 색의 국화를 한 송이씩 내려놓습니다. 가끔은 당신 무덤에 히스꽃을 바치기도 해요. 묘지 원예사가 타일 밑에 일부러 파둔 자갈 구덩이 안에 화분을 넣어두었는데, 그 화분에 히스꽃을 꽂아 두는 것이죠.

사람들은 무덤 앞에서 많은 생각을 할까요? 글쎄요, 잘 모르겠어요. 나는 부모님 무덤 앞에 잠시 멈춰서서 시간을 보냅니다. '저 왔어요'라고 말하듯이. 1년 동안 어떻게 지냈는지, 내가 그동안 무엇을 했고, 어떤 글을 썼고, 무엇을 쓰고 싶은지 알려드리듯이. 그러고는 오른편의 당신 무덤에 가서 매번 묘비를 쳐다보고, 비문을 읽곤 합니다. 비문에 새겨져 있던 오래된 작은 글씨들은 읽을 수 없게 되어 1990년대에 대충 보수했어요. 금색을 입혀 다시 새긴 커다란 글씨가 너무 번쩍거리네요. 대리석공이 원래 비문의 절반을 자기 맘대로 제거해버렸지요. 당신 이름 밑에 적혀 있는 '1938년 성목요일 사망'이라는 정보가 제일 중요해서 그것만 남겨두어야겠다고 생각했나 봅니다. 처음으로 당신 무덤을 봤을 때 비문을 보고 깜짝 놀랐답니다. 신과 당신의 숭고한 신성이 친히 선택한 내용을 돌에 새겨 증거로 삼은 것 같았거든요. 돌이켜보면 무덤에 들른 지 25년이 됐지만, 당신에게 말을 건넨 적은 한 번도 없네요.

가족관계등록부에 따르면 당신은 내 언니입니다. 내가 결혼하기 전에 사용하던 뒤센이란 성을 당신도 똑같이 가지고 있지요. 이제는 너무 낡아서 너덜너덜해진 부모님의 가족수첩[1]을 보면 자녀의 출생과 사망란에 우리 이름이 위아래로 적혀 있어요. 위쪽에 표시된 당신 이름에는 릴본(센앤페리외르[2]) 시청 날인이 두 개 찍혀 있고, 내 이름에는 날인이 한 개만 찍혀 있습니다. 내가 죽으면 사망 기록은 다른 가족수첩에 남게 될 거예요. 내가 다른 이름으로 한 가족을 이루었다는 걸 증명하는 가족수첩에 말이죠.

하지만 당신은 내 언니가 아니에요. 언니였던 적이 한 번도 없어요. 우리는 함께 놀거나 먹거나 잔 적이 없습니다. 난 당신을 만져보지 않았고, 껴안아 보지도 못

1 결혼 후 교부받아 평생 보관하는 호적대장으로 가족 관계를 증명하는 공식 서류 책자
2 센마리팀주의 옛 이름

했어요. 당신 눈동자가 어떤 색깔인지 모를뿐더러 당신을 본 적도 없지요. 당신은 몸도 목소리도 없이 고작 흑백사진 몇 장에 담긴 평평한 이미지로만 존재할 뿐입니다. 당연히 당신에 대한 기억도 없어요. 당신은 내가 태어나기 2년 반 전에 이미 죽었으니까요. 하늘의 아이이자 보이지 않는 어린 소녀. 어떤 대화에도 등장하지 않고 누구도 당신 존재에 대해 말하지 않는, 그렇게 비밀이 되어버린 아이. 그 아이가 바로 당신입니다.

당신은 언제나 죽은 사람이었어요. 내가 열 살 되던 해의 여름 어느 날, 당신은 죽은 채로 내 삶에 들어왔습니다. 《바람과 함께 사라지다》의 주인공 스칼렛과 레트의 어린 딸 보니처럼 이야기 속에서 태어나고 죽은 거지요.

이야기는 1950년 여름방학 때 시작됩니다. 동네의 사촌 자매들과 이브토로 방학을 보내러 온 도시의 사촌 자매들이 한데 모여 아침부터 밤까지 신나게 놀았던 마지막 여름이었어요. 우리는 가게 놀이도 하고 어른 놀이도 했답니다. 부모님 가게 마당에 있는 여러 별채들 안에서 병 박스와 판지, 낡은 천들을 가지고 집을 짓기도 했고, 서서 그네를 타면서 마치 라디오 가요 콩쿠르에 참가라도 한 양 서로 돌아가며 '피에르 주인님, 여기는 정말 멋져요'나 '내 코르셋과 기다란 페티코트' 같은 노래를 불러댔어요. 우리는 블랙베리를 따고 몰래 도망치기도 했지요. 부모님은 남자아이들이 난폭한 놀이만 좋아한다며 같이 못 놀게 했어요. 저녁마다 우리는 꼬질꼬질해진 모습으로 헤어졌고, 난 팔다리를 씻으면서도 다음 날이 또 시작된다는 사실에 마냥 행복했답니다. 그다음 해에는 사촌들이 모두 흩어져서 방학을 보내거나 사이가 멀어져서 함께 놀지 못했어요. 심심해진 난 책만 읽게 됐고요.

그 시절의 여름방학 얘기는 나중에 계속할 생각입니다. 이 일을 이야기로 만드는 건, 60년 전부터 벽장 안에 처박혀 있던 필름을 꺼내어 현상하듯, 흐릿해진 경험을 끄집어내어 이야기에 끝을 내려는 것이기도 합니다.

    그 일은 어느 일요일 오후의 끝 무렵, 부모님이 운영하는 식료품 가게와 카페 뒤쪽으로 나 있는 좁은 골목 초입에서 일어났어요. '학교길'이라고 불리는 골목이었지요. 잡초 무성한 비탈길 담장을 따라 높은 철책이 이어져 있고, 그 너머에는 장미와 달리아가 가득 핀 작은 정원이 있는데, 그 근처에 20세기 초에 지어진 사립 유아 학교가 있어서 '학교길'이라는 이름이 붙었어요. 건너편에는 높고 두꺼운 울타리가 있었답니다. 어머니는 르아브르에서 온 젊은 여자와 오래도록 이야기를 나누었어요. 두 사람이 언제부터 이야기를 하고 있었는지는 기억이 가물가물하네요. 네 살배기 딸과 함께 바캉스를 보내려고 시부모인 S 부부 집에 온 여자였어요. 그 집은 학교길에서 수십 미터쯤 떨어진 곳에 있었지요. 젊은 엄마는 아마 가게에서 나왔던 것 같아요. 그 당시 어머니는 가게를 계속 열어둔 채 손님하고 수다를 떨곤 했어요. 나는 어머니와 젊은 여자 옆에서 여자의 딸과 놀고 있었지요. 아이 이름은 미레유였는데, 우리는 한 사람이 도망가면 다른 사람이 잡는 놀이를 했어요. 놀이에 열중하던 내가 어떻게 경각심을 갖게 됐는지는 잘 모르겠어요. 어쩌면 갑자기 낮아진 어머니의 목소리 때문이었을 수도 있어요. 난 숨을 쉴 수 없을 만큼 긴장해서 어머니의 말을 주의 깊게 듣기 시작했습니다.

어머니의 이야기를 고스란히 되살릴 자신은 없어요. 다만 오늘까지 매년 한 해 한 해가 지나도 사라지지 않으며, 열기를 잃고 침묵하는 불꽃처럼 내 유년 시절을 단숨에 집어삼킨 이야기의 내용과 문장들만 떠올릴 따름이지요. 그때 나는 어머니 이야기를 들으면서 의심을 불러일으키지 않으려고 고개를 숙인 채 계속 춤을 추며 두 사람 옆을 맴돌았어요.

[이곳의 언어는 경계가 불분명한 중간지대를 찢어놓고, 나를 덥석 물어 들러붙었다가 사라져버려요.]

어머니는 나 말고 다른 딸이 있었다고, 세계대전이 발발하기 전, 릴본에서 여섯 살 때 디프테리아로 죽었다고 말해요. 목구멍 안의 피부 점막이 어떤 상태였는지, 호흡곤란이 어느 정도로 심했는지 세세히 설명하고 나서, "그 아이는 어린 성녀처럼 죽었어요"라고 말합니다.

어머니는 당신이 "난 성모마리아와 예수님을 보러 갈 거예요"라는 말을 남기고 죽었다고 말하지요.

어머니는 아버지가 포르제롬에 있는 정제공장에서 퇴근하고 돌아와 당신이 죽은 걸 알았을 때 "남편이 미쳐버렸다"고 말해요.

그리고 말합니다. "동료를 잃는 일과는 차원이 달라요"라고.

어머니는 나에 대해서도 말합니다. "쟤는 아무것도 몰라요. 아이가 슬퍼하길 원치 않아요"라고.

대화 끝에 어머니는 당신에 대해 말합니다. "그 아이는 쟤보다 훨씬 착했어요"라고.

착하지 않은 아이. 그 아이가 바로 나예요.

학교길

rue de l'Ecole © D.R.

사진이 그렇듯, 이야기의 장면도 한 곳에 붙박인 채 움직이지 않습니다. 두 여자가 서 있던 장소와 한 사람 한 사람의 모습이 선명히 보이네요. 가끔씩 손수건으로 눈가를 훔치던 흰 셔츠 차림의 어머니. 다른 손님보다 유난히 더 우아했던 젊은 여자의 실루엣. 밝은색 원피스에 뒤로 당겨 틀어 올린 머리. 부드러운 계란형 얼굴. (이 이미지는 카드놀이에서 짝을 맞추듯 뒤죽박죽인 기억들을 짜 맞추기 위해, 그동안 내가 만났던 수많은 사람들의 이미지를 끌어내어 자연스레 떠올린 것이에요. 나는 1959년 루앙 근처 이마르의 여름학교에서 코치로 근무한 적이 있어요. 학교 원장은 자신을 상징하는 동물로 개미를 선택했고, 흰색과 베이지색 옷을 입고 있었지요. 내가 원장과 젊은 엄마의 얼굴을 혼동하는 걸 수도 있어요.)

무엇보다 중요한 건, 실제였던 이 장면이 형체를 입은 환각처럼 내게 스며들었다는 거예요. 나는 두 여자 주위를 돌면서 달린다고 '느끼고', 80년대가 지나서야 비로소 아스팔트를 깐, 그 당시 학교길의 규소 바닥과 비탈길, 철책과 흐릿한 빛을 '봅니다'. 마치 다가올 일을 견디기 위해 세상의 모든 장식적인 요소를 흡수해야만 하는 것처럼.

어느 여름의 일요일이었지만 정확한 날짜는 모릅니다. 하지만 늘 8월의 일요일이었다고 생각했어요. 25년 전, 파베세의 《일기》를 읽으면서 그가 1950년 8월 27일 토리노의 호텔 방에서 자살했다는 사실을 알았지요. 그리고 그 사건이 일요일에 일어났다는 걸 확인했어요. 그 후로 이 이야기의 배경이 된 날도 그날과 똑같은 8월의 일요일이었을 거라고 상상했고요.

해가 지날수록 나는 이 이야기에서 멀어졌다고 생각했지만 그건 착각에 불과했습니다. 당신과 나 사이에는 시간이 존재하지 않아요. 한 번도 나누지 않았던 언어들만 있을 뿐.

'착하다.' 부모님이 매일 내게 하는 잔소리로 판단해보면, 나는 '착하다'란 단어와 전혀 어울리지 않는 아이라는 걸 이미 알았던 것 같습니다. 집요하고 씻기 싫어하는 깍쟁이, 식탐 많고 잘난 척하는 꼬마, 성질을 돋우고 못된 짓만 골라서 하는 아이. 하지만 부모님의 비난은 흘려들었어요. 부모님이 어린 나를 끊임없이 걱정하는 걸 알았고, 시시때때로 제공되는 선물들 덕에 사랑받고 있다는 확신을 가지고 있었으니까요. 난 외동딸이었기에 응석받이였고, 별다른 노력 없이도 반에서 늘 1등을 했어요. 말하자면, 나인 모습 그대로 살아갈 권리가 있다고 느꼈습니다.

'착하다.' 나는 신이 보기에도 착하지 않았어요. 일곱 살이었던 내가 처음으로 고해성사를 했을 때, B 신부님이 분명하게 상기시켜준 사실이에요. 요즘에야 성에 대해 정상적으로 눈을 떴다고 말하겠지만, '혼자 그리고 다른 아이들과 함께 나쁜 짓을 했다'는 고백을 들은 신부님은 내가 지옥에 몸을 바쳤다고 하더군요. 그 이야기를 확인이라도 해주듯이 어느 날 기숙사 사감 선생님이 눈을 반짝이며 말했어요. "반에서 전 과목에 만점을 받을 순 있지. 그렇다고 하나님의 마음을 흡족하게 하는 건 아니야"라고요. 나는 종교적인 것들에 흥미가 없었어요. 난 신을 좋아하지 않았고, 오히려 무서

워했답니다. 하지만 아무도 그 사실을 짐작하지 못했어요. 단지 고집 세고, 말이 없는 아이라고 생각했을 뿐이에요. 사감 선생님이 교회의 붉은 빛 앞에서 무릎을 꿇은 채 "참 좋으신 예수님께 정성껏 기도하렴"이라고 내게 속삭였을 때, 절대적이던 수녀원장과는 어울리지 않는 유치한 말이라고 느꼈어요.

'착하다.' 노르망디에서 이 말은 아이와 개에게 주로 사용하는데, 순하고 상냥하며 '친근감'이 있다는 걸 뜻하기도 합니다. 어른들 품에 안기기보다 그들을 관찰하고 그들의 말을 듣는 것을 더 좋아하면서 어른들과 거리를 두는 나는 착한 아이라는 소리를 들을 수 없었어요. 그러나 나는 내가 부모님에게는 착한 아이라고 확신했어요. 심지어 다른 아이들보다 더 착하다고 말이지요.

60년이 지났지만 나는 여전히 '착하다'는 단어에 걸려 넘어지고, 당신, 그리고 부모님과 연결하여 그 의미를 풀어보려 애씁니다. 이 단어의 의미가 번쩍이자마자 나의 위치가 일순간에 바뀌었으니까요. 부모님과 나 사이에 이제는 당신이 있어요. 보이지 않지만 사랑스러운 당신이. 나는 당신에게 자리를 만들어주기 위해 멀찌감치 밀려났습니다. 당신이 영원한 빛에 둘러싸여 하늘 위를 날아다니는 동안 난 그늘로 떠밀려갔지요. 무남독녀라 누구와도 비교당하지 않고 살던 내가 비교의 대상이 된 거예요. 현실은 서로 배척하는 단어들이 만들어냅니다. 더/덜, 또는/그리고, 전/후, 존재하거나 존재하지 않거나, 삶이나 죽음 같은 단어들에 의해.

어머니와 나 사이에는 두 단어가 있습니다. 나는 어머니가 이 단어들의 값을 치르게 했어요. 어머니에 대항하여 혹은 그녀를 위해 글을 썼고, 자랑스러우면서도 모멸감을 느끼기도 하는 노동자로서의 어머니 입장에서 글을 썼으니까요.

'더 착하다.' 어머니가 내게 착하지 않을 권리를 주었거나 착하지 말라는 지령을 내린 것은 아닌지 자문

하곤 합니다. 그 일요일에 내 어두운 면을 깨달은 건 아니에요. 오롯이 내 본질이 되었을 뿐이지요. 이야기가 시작된 날이 심판의 날이 되었던 겁니다.

스물두 살 때였어요. 식사 도중에 부모님과 언성을 높이고 난 후, 일기장에 이렇게 적었어요. '왜 나는 늘 나쁜 짓을 저지르고 싶어 할까? 더구나 왜 항상 고통스러운 거지?'라고.

유년 시절을 거쳐 온 그 어떤 것도 이름을 갖고 있지 않습니다. 그때 내가 무엇을 느꼈는지 기억은 나지 않지만 슬픔이란 감정은 아니었어요. 아마, '속았다'는 느낌일지도 모르겠네요. 하지만 이 단어는 훨씬 더 나중에 보부아르의 책을 읽고 난 후에 떠오른 것인데, 내게는 비현실적이면서도 비중 없는 단어로 느껴졌고, 아이였던 내 존재에 더해지기에는 적합하지 않은 것처럼 보였어요. 적절한 단어를 오랫동안 찾아 헤맨 후, 의심의 여지 없이, 내게 가장 잘 맞는다고 여겨진 단어는 '잘 속는'이었답니다. 치욕적이지만 일반적인 의미에서 나는 잘 속는 아이였어요. 그동안 착각 속에서 살

앗던 거지요. 난 외동딸이 아니었어요. 무에서 솟아난 또 다른 아이가 있었으니까. 내가 받았다고 믿었던 모든 사랑은 가짜였던 거예요.

당신이 성모마리아와 참 좋은 예수님을 보러 갈 거라고 말했다는 걸 알고, 당신을 원망했던 것 같기도 합니다. 내가 부적격자라는 걸 보여주었던 그 말이 내 입술을 넘은 적은 한 번도 없었고, 하나님을 보고 싶어 했던 적도 없었으니까요. 그 후 어른이 되어서 분노가 치밀어 오를 정도로 원망했던 대상은 당신에게 부질없는 말을 믿게 했던 어머니였습니다. 이제 더는 화를 내지 않아요. 모든 위로와 기도, 노래는 죽음 앞에서 흔들리는 순간에 가치를 발휘한다는 생각을 인정하지요. 그리고 당신이 행복하게 떠났다고 생각하는 편이 훨씬 좋습니다.

사촌 언니 G에 따르면, 또 다른 사촌 언니인 C가 당신의 존재와 죽음을 내가 이 이야기를 통해 알기 전인 1~2년 앞서 이미 내게 밝혔다고 해요. 나는 C가 내가 몰랐던 사실을 알려주는 첫 번째 사람이 되려고 잘난 체

했다고 생각하고 있어요. 나보다 세 살 더 많았던 C는 자기가 알게 된 성의 비밀을 내게 알려주려 했었는데, 이 일도 본질은 똑같다고 볼 수 있지요. 하지만 C가 당신에 관한 얘기를 해줬다는 건 전혀 기억나지 않아요. 여름방학의 단조로운 햇빛이 잃어버린 그 순간 위로 길게 드리워져 있을 따름이지요. 아마도 난 당신 존재를 믿지 않으려 저항했거나 당신을 지워버리고자 했던 건지도 모릅니다.

[내가 당신에게 편지를 쓰는 건 당신을 되살린 후 다시 죽이기 위해서일까요?]

가끔 자문해보곤 합니다. 그 이야기보다 1~2년 전의 여름 오후에 어쩌면 당신이 그곳에 이미 있지는 않았는지 말이죠. 나는 정원에 머물며 소설을 썼어요. 코 지방의 농가에서 방학을 보내던 어린 소녀의 이야기였지요. 소녀는 수확이 끝난 후 들판에 세워둔 짚동 아래에 있다가 사고로 숨이 막혀 죽습니다. 아버지에게 글을 보여드렸어요. 아버지는 카페 손님들 앞에서 나의 글 쓰는 능력에 찬사를 보냈습니다. 내가 보기엔 일부러 더 과도하게 반응하는 것 같았어요. 어머니에게도 읽어보게 했지만 어떤 반응을 보였는지는 기억나지 않네요.

다섯 살에서 열 살까지 끊임없이 꾸던 이 깨어 있는 꿈속에 당신이 여전히 존재합니다. 나는 J와 함께 분홍 망사로 장식한 요람에 누워 있어요. J는 1944년에 르아브르에서 릴본으로 온 망명 가족의 딸이에요. 우리는 부모님들이 풍성하게 차린 음식을 먹으며 모임을 하는 동안, 내가 1년에 한 번씩 여름마다 설레는 마음으로 찾아가던 공공정원에서 함께 놀곤 했어요.

나는 눈을 뜨고 있는 두 인형처럼 서로 꼭 달라붙어 있는 요람 안의 우리를 봅니다. 완벽한 행복의 이미지였지요. (1986년, 어머니에 관한 글을 쓸 때, 나는 이 장면을 '장밋빛 꿈'이라고 부르면서도 책에 넣지는 않았습니다. 그 이미지에 어머니 자궁에 대한 향수라는 의미를 붙였는데, 너무나 상투적이라 진짜 그 의미가 맞는지 확신하지 못했거든요.)

그래요, 당신은 내가 세상에 도착한 후, 내 생애 첫

27

몇 년을 둘러쌌던 희미하게 웅성거리던 말들 속에서 당신의 부재로 나를 에두르며 자연스레 내 주위를 떠돌았던 게 분명해요. 가게에서, 혹은 전란 중이라 팔 물건과 손님이 없어 매일 오후마다 나를 데리고 간 공공정원 벤치에 앉아 다른 여자들과 시간을 보내던 어머니의 이야기 속에서. 하지만 그 이야기들은 내 의식에 어떤 흔적도 남기지 않았어요. 이미지도 단어도 없이 그저 존재했을 뿐이지요.

내 기억 속에는 내가 듣지 말았어야 할 이야기 하나만 남아 있어요. 내가 아닌 젊고 우아한 여성에게 했던 이야기. 그녀는 분명, 자기에게는 두려움의 대상이었을 불행에 매혹당해 이야기를 들었을 겁니다. 유일한 진짜 이야기, 그녀가 거기 있었기 때문에, 그리고 그녀가 다른 이의 죽음을 견뎌낼 정도로 강했기 때문에 – 나는 그 사실을 그날 깨달았어요 – '허용하는' 목소리로 그녀에게 전해진 이야기. 완전히 닫혀버린 변하지 않는 이야기로 인해 당신은 방 벽에 걸린 유리 밑의 커다란 사진 속 테레즈 드리지외 성녀처럼 다시 살아나고 다시 죽은 거예요. 그 이야기는 죽은 당신이 성녀로 존재하는 세상을 내게 만들어냈어요. 진실을 외치고 나를 쫓아내는 이야기, 그것 외에는 다른 이야기가 들어설 수 없는 유일한 이야기였던 거예요.

그 일에 대해 곰곰이 생각해보면, 어머니는 내가 옆에 있다는 사실을 알고 있었어요. 나를 가리키며 말했으니까요. 그런데도 어떻게 당신에 대해 말할 수 있었을까요? 정신분석학적인 설명은 – 어머니는 무의식적으로 당신의 존재에 대한 비밀을 내게 밝힐 방법을 찾아낸 것이며, 따라서 그 이야기를 듣는 진짜 대상은 나였다고 해석하죠 – 늘 그렇듯이 솔깃합니다. 그러나 어머니는 정신에 관한 이론을 알지 못해요. 50년대에 어른들은 아이들의 귀는 무시해도 된다고 여겼고, 단지 농담의 대상인 성적인 이야기만 제외하고는 아이들 앞에서 대수롭지 않게 모든 걸 얘기할 수 있었어요. 내가 이렇게 확신하는 이유는 그 이후로 죽은 자에 관한 이야기를 자주 들었기 때문이에요. 기차 안에서, 미용실에서, 혹은 커피 한 잔을 앞에 두고 부엌에서 이 여자저 여자에게 고백하는 이야기를 말입니다. 그건 모든 고통을 토로하고, 당시의 상황을 상세하게 서로 나누고, 세세한 부분까지 열거하는 일종의 메멘토 모리[3]였어요. 당신에 대해 이야기를 시작한 이후로 어머니는 멈출 수가 없었습니다. 끝까지 가야만 했지요. 처음으로 이야기를 들었던 젊은 엄마에게 당신의 사라짐을 말하면서 당신이 다시 살아서 돌아온 듯한 느낌과 위로를 발견한 겁니다.

---

3 '죽음을 기억하라'는 뜻의 라틴어

또 다른 이야기가 있습니다.

포동포동한 나의 아기 때 사진과 튼튼한 소녀였던 유년의 사진들은 허상이에요. 열 살 때 당신 죽음에 대하 이야기를 들을 수가 나는 무거운 과거를 지닌 허약한 아이가 되었어요. 내 앞에서 아무렇지도 않게 늘어놓던 불행한 사고에 대해 들으며 나는 기이한 애정의 희생자가 된 것입니다. 그리고 홍역과 수두에 걸려도 쉽게 지나가는 다른 아이들과 나를 구별 지었어요. - 홍역과 수두는 나도 걸렸지만 훨씬 더 오래 갔지요 - 나는 내가 저주와 은총 사이의 어떤 존재라고 여겼습니다. 나는 아주 일찍부터 순조로운 출발을 하지 못했어요. 태어나고 몇 달 만에 아프타 열병에 걸렸고, - 젖병의 우유에 의해 소에서 인간에게로 옮는 매우 희귀한 경우예요 - 걷기 시작했을 때는 식료품점 손님이 내가 절뚝거리는 것을 발견하여 반년 동안이나 깁스를 한 채 꼼짝하지 못했지요. 네 살 때는 집 뒤쪽 안뜰에서 유리병 파편 위에 넘어져 입술에 구멍까지 났어요. - 어머니는 검지를 들며 "거기에 손가락도 넣을 수 있겠다"고 말했답니다. 그리고 불거진 흉터가 남았고요. 게다가 근시는 점점 심해졌고 이미 충치도 있었어요.

이외에 아직 말하지 않은 일이 하나 더 있습니다. 내 생의 본질이라고도 할 수 있는 사건, 다섯 살 때 죽다 살아난 이야기예요. 그건 또 다른 이야기인데, 주인공은 오로지 나였어요. 어린아이였던 내게서 당신이 불쑥 튀어나왔던 그 여름의 일요일을 나는 지금도 속속들이 알고 있습니다. 어머니는 내가 있는데도 감출 생각 않고 아버지보다 훨씬 더 자주, - 유년 시절을 기록하는 건 여자들이지요 - 희열마저 느끼며 그 일을 수도 없이 이야기했어요. 그 이야기를 들으면 누구라도 할 것 없이 크게 놀라며 경탄을 금치 못하곤 했으니까요.

1945년 8월, 릴본의 공공정원에서 녹슨 못에 찔려 무릎에 상처가 났어요. 며칠 후, 이상하게 피곤이 몰려오고, 목덜미는 뻣뻣해지고, 입을 벌리기도 힘들어졌습니다. 부모님은 의사를 불러야겠다고 생각했지요. 그게 시작이었어요. 검사를 하고 난 후, 의사는 잠시 침묵을 지키더니 입을 뗐지요. "제가 틀린 거였으면 좋겠습니다. 다른 의사를 찾아야겠어요."

파상풍이었어요. 어머니도 아버지도 파상풍이 뭔지 몰랐습니다. 한 번도 들어본 적이 없었으니까요. 의사들은 내게 항파상풍 혈청을 대용량으로 주사했어요. 그러고는 "만일 아이의 이가 벌어지지 않는다면 오늘 밤에 죽을 겁니다"라고 말했지요. 그래서 어머니는 이미 꽉 다물어져 있던 내 이 사이로 루르드의 물[1]을 흘려 넣으며 마시게 했습니다. 그러자 내 입은 다시 벌어졌어요. 다음 해, 어머니는 은총에 보답하고자 루르드에 갔어요. 밤새도록 기차를 타고 딱딱한 나무 의자에 앉

---

1 루르드 지역에 있는 병을 치료한다는 기적의 샘물로, 1858년 가난한 베르나데트 소녀에게 성모가 나타나 샘물을 파게 했다.

아서요. 챙긴 음식이라곤 식량 제한 때문에 고작 정어리 통조림 한 캔뿐이었고요. 어머니는 산에서 무릎을 꿇은 채 십자가의 길을 걸었어요. 그리고 혼자 걷는 인형을 선물로 가져다주었는데, 인형 이름은 베르나데트였습니다.

폭격을 맞는 것보다는 덜했겠지만 그 당시 엄청난 고통을 겪었다는 것을 기억하지는 못합니다. 그래도 수없이 이야기를 들었기에 그 순간의 이미지는 일찍부터 머릿속에 붙잡아두었어요. 햇빛이 가득하던 공공 정원을 다시 봅니다. 나무판이 뽑힌 벤치 위로 기어오르며 놀다가 다친 내가 부모님께 달려가요. 부모님은 풀밭 위에 누워 있고, 나는 왼쪽 무릎 아래에 빨갛게 파인 작은 상처를 보여주어요. 그들은 "괜찮아. 별거 아니니까 가서 놀아"라고 말하지요.

나는 주방의 긴 의자 위에 누워 있습니다. 나는 놀지 않아요. 사촌 언니 C는 여름방학을 맞아 우리 집에 와 있어요. 밥을 먹고 난 후, C는 테이블 위로 올라가 '숙녀 여러분, 예쁜 양귀비꽃이에요. 새로 핀 예쁜 양귀

비꽃'을 부르고, 난 질투를 하지요.

나는 내가 누운 긴 의자 주위에서 소란스럽던 풍경, 사람들이 왔다 갔다 하던 장면을 어렴풋하게 봅니다.

나는 부모님 침대 옆의 작은 내 침대에 누워 있어요. 어머니가 나를 굽어보고 있지요.

그보다 더 후에, 분명히 다른 날이었는데, 내 입은 피로 흥건하고, 방 안에 사람들이 모여 있습니다. 어머니는 내 몸을 똑바로 펴주라고, 출혈을 멈추려면 열쇠로 등을 찔러야 한다고[2] 소리 질러요.

나는 베르나데트 인형을 다시 봅니다. 흰 드레스를 입은 베르나데트는 너무 뻣뻣해서 앉힐 수 없어요.

당신과 나에 관한 두 이야기는 시간의 흐름에 따른 순서와는 거꾸로 놓여 있습니다. 당신이 죽는 이야기 이전에 내가 죽을 뻔했던 이야기가 있거든요. 확실한 건, 상상하지도 못한 당신의 죽음에 대해 들었던 1950년 여름의 일요일을 내가 기억한다는 것이에요. 나는 이제야 훨씬 더 세밀하게 **봅니다**. 릴본의 방과 창 옆에

---
2 출혈을 막기 위한 프랑스 민간요법

놓여 있던 부모님 침대, 그 바로 옆의 분홍색 나무로 된 내 침대를. **나는 내 자리에 누워 있는 당신을 봅니다. 죽은 아이는 나예요.**

1949년에 발행된 라루스 사전을 읽습니다.

일단 파상풍으로 진단받으면 사망에 이를 위험이 높아진다. 그렇지만 용량을 높인 항파상풍 혈청을 반복해서 투여하여 치유된 경우들이 있다.

사전에는 백신의 존재에 관한 언급이 없어요. 인터넷에 찾아보니 1940년부터 모든 아이들에게 의무적으로 백신을 접종했어야 하지만 '접종이 본격적으로 시행된 것은 1945년 이후다'라고 나와 있습니다.

나는 루르드의 물보다는 항파상풍 혈청이 더 효과를 발휘했다고 늘 생각했어요. 어릴 때 겪었던 이 사건을 돌이켜 생각해본 적은 거의 없지만, 누군가에게 이 이야기를 한다고 해도 루르드의 물에 대해 말하지는 않았지요. 1964년, 루앙의 부케 거리에 살던 어느 의대생의 방에서 이 얘기를 했을 때처럼요. 그가 병원에서 당직을 설 때 무시무시한 고통을 겪다가 죽은 파상풍 환자 얘기를 했을 때였습니다. 그때 어머니가 해주었던 끔찍한 말이 떠올랐지요. '옛날에는 매트리스 두 개 사이에 파상풍 환자를 넣고 꾹 눌러서 숨을 못 쉬게 했대'라는 말이었어요.

왜 당신은 루르드의 물을 마시지 않았을까? 만일 그 물을 마셨다면 효과가 있었을까? 나는 이런 질문을 한 번도 생각해보지 않았습니다.

사실, 혈청이든 성수든 별로 중요하지 않아요. 루르드, 라살레트, 리지외, 파티마. 우리는 가능한 기적 속에서 살고 있었지요. 사제와 기숙학교 수녀들의 말 속에, 교회에서 판매하는 소책자 안에 기적은 끊임없이 존재했습니다. 당시에는 《순례자》, 《십자가》, 심지어 동굴의 물로 장애를 치유한 이야기를 담은 《브리지트》- 베스트셀러였던 동명의 컬렉션에서 이상적인 여성상을 대표하는 인물이에요 - 라는 책과 브리지트의 자녀 중 한 명인 《어린 마리》라는 책도 있었답니다.

현실은 유년기에 형성된 믿음에 크게 영향을 주지 않습니다. 1950년에 나를 살게 했고 그 이후로도 계속해서 살 수 있게 한 것은 현실과 함께한 기적이었을 거예요. 사망 선고를 받았던 내가 죽을 뻔했다가 살아난 첫 번째 이야기가 당신의 죽음과 나의 부끄러움에 관한 두 번째 이야기를 만들었다는 것만이 중요합니다. 두 이야기는 어떻게 연결되며, 어떤 진실이 작동하여 만들어진 걸까요. 나는 모순처럼 보이는 이 미스터리를 풀어야만 했어요. 착한 소녀이자 어린 성녀였던 당신은 구원받지 못했고, 악마였던 나는 살아남았으니까요. 아니, 살아 있다는 것 그 이상의 기적이 내게 일어났던 거죠.

그렇게 당신은 여섯 살의 나이로 죽어야만 했습니다. 내가 세상에 오고 구원받을 수 있도록.

알 수 없는 신의 섭리 안에서 살기 위해 선택되었다는 자부심과 죄책감. 아마 죄책감보다는 자부심 쪽이 더 큰 것 같아요. 하지만 무엇을 위해 선택된 걸까요. 스무 살 때, 폭식증과 무월경의 지옥까지 내려간

후, 답을 얻었습니다. 그건 글을 쓰기 위해서라는 것이었지요.

부모님 집의 내 방에 클로델의 문장을 붙여놓았어요. 사탄과의 계약처럼 라이터로 가장자리를 태운 커다란 종이에 정성스레 옮겨 적은 문장을요.

그렇다. 나는 믿는다. 내가 아무 이유 없이 세상에 온 것은 아니라는 걸. 그리고 내 안에는 세상이 묵과할 수 없는 무언가가 있다는 것을.

나는 당신이 죽었기 때문에 글을 쓰는 것이 아닙니다. 당신이 죽은 것은 내가 글을 쓰도록 하기 위함이에요. 여기에는 큰 차이가 있습니다.

내게 있는 당신 사진은 여섯 장뿐입니다. 모두 사촌 자매들에게서 얻은 거예요. 몇 장은 어머니가 땅에 묻히고 난 후에, 다른 사진들은 아주 최근에 받았어요. 그동안은 어머니의 장롱 서랍에 보관되어 있다가 1980년

경에 사라진 사진 두 장만 보았을 뿐이에요. 알츠하이머가 발병하면서 파괴 충동에 휩싸인 어머니가 두 사진을 버린 게 분명합니다.

아기 때 사진을 제외하고, 나머지 사진들 속의 당신은 네 살에서 여섯 살 사이로 보여요. 전쟁이 발발하기 전, 어머니가 장터 축제에서 경품으로 받았다고 한 카메라로 찍었을 거예요. 부모님은 그 카메라를 50년대 말까지 가지고 있었는데, 나도 자주 사용했답니다. 사진들 속의 당신 모습은 거의 비슷해요. 햇살이 너무 눈부셔서 견딜 수 없다는 듯 인상을 찌푸리면서 고개를 숙이고 있거나 팔로 눈을 가리고 있지요. 사촌 언니 G는 최근에 보낸 편지에서 그 사실을 확인해주었어요. 그리고 결론을 내리더군요. '그 아인 자기 자신을 좋아하지 않았던 것 같아'라고요.

이 말이 저를 심한 혼란에 빠뜨렸어요. 당신은 행복했나요? 나는 당신이 행복했는지에 대해 의구심을 가졌던 적이 한 번도 없어요. 사라진 어린 소녀의 입장에서는 터무니없고 무례한 질문이라는 듯이. 당신을 잃은 부모님의 고통, 착했던 당신에 대한 그들의 회한과 사랑의 증거가 당신의 행복을 입증한다는 듯이. 사랑

받으면 행복하다는 믿음에 근거하면, 당신은 확실히 행복했어야 해요. 성녀들은 행복하지만 아마 당신은 그렇지 않았을 수도 있지요.

미개한 생각에 마음을 뺏겼던 것이 끔찍하고 죄책감도 듭니다. 당신은 살기 위해 태어나지 않았고, 당신의 죽음은 우주의 컴퓨터 안에 프로그램화되어 있었다는 생각, 보쉬에가 쓴 것처럼, 당신은 고작 '머릿수를 채우려고' 이 땅에 보내졌을 뿐이라는 생각, 내가 세상에 오기 위해 당신이 죽었어야 했고, 희생되었어야 했다는 믿음이 내 안에서 생겼었다는 사실이 부끄럽기 그지없습니다.

예정론 같은 건 없었어요. 당신은 단지 디프테리아에 걸렸고, 그 전에 백신을 맞지 않았을 뿐이에요. 위키피디아에는 백신이 1938년 11월 25일에 의무화되었다고 나와 있어요. 당신은 그보다 일곱 달 앞서 죽었습니다.

두 딸 중 한 명은 죽었고, 다른 한 명은 죽을 뻔했지요. 사는 동안 활기차게 지냈던 어머니지만 내 눈에는 죽음을 짊어지고 있는 것처럼 보였습니다. 죽음에 매혹되어, 그리고 죽음을 끌어당기면서. 열네 살 혹은 열다섯 살 때까지 나는 어머니가 나도 당신처럼 죽게 내버려 둘 거라고, 아니면 나뿐만이 아니라 아버지도 함께 벌을 주기 위해 일부러 스스로 목숨을 끊을지도 모른다고 막연히 생각했었답니다. 대노한 날이면, 어머니는 '내가 없어지면 두 사람 다 어떻게 될지 두고 보라고'라는 말을 입버릇처럼 되뇌곤 했으니까요. (하지만 그 말은 죽겠다는 것보다는 오히려 우리를 떠나 다른 곳에 가서 살겠다는 협박이 아니었을까요?) 동네 사람들은 임종을 앞둔 사람들을 위해, 그리고 시신을 단장하기 위해 어머니를 찾아오곤 했습니다. 어머니는 부리나케 달려갔고, 묘한 표정으로 돌아왔어요. 나는 어머니가 만족해한다는 느낌을 받았답니다. 젊은 나이에 결핵으로 죽은 소녀를 보고 온 어머니는 "얼굴 주변에 흰 시트를 놓어. 아마 사람들은 그 애를 테레즈 드리지외 성녀 같다고 말할 거야"라고 했지요. 나는 마흔다섯 살에 허리 수술을 받아야 했는데, 그때 나는 내가 마취에서 깨어나지 못하고 어머니보다 먼저 죽을 거라고, 그래서 어머니가 당신과 아버지, 그리고 지금은 나까지 우리 모두를 함께 묻을 거라고 생각했어요.

　레제르의 그림에서는 난간도 없이 깊은 골짜기 위로 나 있는 좁고 긴 다리를 아이의 손을 잡고 건너가는 남자의 등이 보입니다. 다리는 그들 바로 오른쪽 뒷부분이 잘려 있고, 잘린 부분은 허공으로 열려 있지요. 두 사람 앞의 왼쪽 부분, 아이가 걸어가는 쪽 다리 역시 똑같이 잘려 있습니다. 발자국을 보면, ─ 어른 발자국과 그 발자국 양옆으로 나란히 나 있는 두 아이의 발자국 ─ 아버지가 오른쪽에 있던 첫 번째 아이의 손을 놓아 아이는 이미 구렁 속으로 떨어져 버렸고, 왼쪽에서 손을 잡고 가는 두 번째 아이도 조만간 그렇게 될 거라는 걸 알 수 있어요. 다만 아버지만이 조용히 다리 끝까지 걸어서 건너가겠죠. 레제르는 자신의 이 그림에 〈잃어버린 아이들의 다리〉라는 제목을 붙였어요.

　하지만 현실은 이런 비유를 거짓이라고 부인합니다. 어머니는 겨울이면 과하다 싶을 정도로 옷을 두툼

하게 입혔고, 가벼운 감기 기운만 있어도 아버지를 보내 의사가 오게 했어요. 전문적인 의사들에게 진찰을 받게 하려고 루앙에 데리고 가기도 했고, 부모님의 지갑 사정으로는 지불하기 힘들었을 치과 치료도 받게 했지요. 오로지 나만을 위해 송아지 간과 붉은 고기를 샀고요. 그런데 '너 때문에 등골이 휜다'던 어머니의 푸념은 허약한 나를 비난하는 것만 같았어요. 나는 기침만 해도 죄책감이 들었고, '늘 어딘가 아픈' 나 자신에 자괴감을 느꼈답니다. 내가 살아남는다는 건 부모님이 비싼 값을 치러야 한다는 뜻이니까요.

물론 나는 어머니를 사랑했어요. 사람들은 어머니가 아름다운 여성이며, 내가 어머니를 많이 닮았다고 말했지요. 나는 어머니를 닮은 것이 자랑스러웠답니다. 가끔은 너무도 미웠고, 그녀가 죽기를 바라며 장롱 거울 앞에서 주먹을 치켜들기도 했지만요. 당신에게 편지를 쓰는 것은 어머니에 대해 계속해서 말해주기 위해서예요. 이야기의 주인인 어머니, 자기주장이 강한 어머니에 대해서 말이지요. 어머니는 자기 의견을 쏟아내는 데 일가견이 있어서 한 번 시작된 싸움은 결코 끝내지 않았어요. 단지 말년에 정신착란을 겪을 정도로 너무나 비참해졌던 때를 제외하고는요. 그때 나는 어머니가 죽지 않기를 바랐어요.

어머니와 나 사이에는 단어의 문제가 있습니다.

나는 처음부터 '우리 어머니'라든가 '우리 부모님'이라고 쓸 수도, 세 명으로 이루어진 내 유년의 세계에 당신을 끼워 넣을 수도, 공동의 소유를 받아들일 수도 없었어요. [나에게 그 일이 불가능했던 것은 당신을 배제하기 위해서였고, 그 여름 일요일에 듣게 된 이야기에서 배제되었던 나의 무력감을 당신에게 되갚아주기 위한 방법이었을까요?]

생각해 볼 만한 어떤 관점, 특히 시간의 관점에서

보면, 우리는 같은 부모를 갖고 있지 않았습니다.

당신이 1932년에 태어났을 때, 그들은 결혼한 지 겨우 4년밖에 되지 않은 젊은 부부였어요. 그보다 한 해 전에는 릴본의 방적공장 지대인 발레에서 가게를 열 자금을 얻기 위해 대출을 받았던 야심에 찬 노동자들이었고요. 아버지는 오드의 조선소에서 계속 일을 했고, 그 후엔 포르 제롬의 정제공장에서 일했어요. 그들 주위에서, 그리고 그들의 마음속에선 인민전선이 불러일으킨 희망에 대한 기대가 끓어올랐답니다. 궁핍했던 이 시기의 이야기와 그들의 카페에서 새벽 세 시까지 보냈던 저녁들에 대한 기억은 언제나 '그래도 그때는 젊었었지'라는 말로 끝나곤 했어요.

날짜는 표시되어 있지 않은, 전쟁 전에 찍은 사진에서 아버지가 어머니 어깨에 손을 올리고 웃고 있습니다. 그녀는 밝은색 레이스 깃이 달린 커다란 물방울무늬 원피스를 입고 있어요. 굵은 머리카락 한 올이 눈 위로 내려와 있고요. 주름 없이 팽팽한 얼굴에 반항적인 신부였던 1928년의 모습과 여전히 흡사해요. 난 그녀가 입고 있는 사진 속 원피스와 헤어스타일을 한 번도 본 적이 없어요. 나는 당신의 시대에 당신의 것이었던 이 여성을 알지 못합니다.

내 시대가 시작되었을 때, 1945년 봄에 찍은 내가 나온 사진들에도 그들이 있습니다. 미소를 짓고 있지만 젊음이나 평온한 모습은 찾아볼 수 없고, 씁쓸한 비애만 감돕니다. 얼굴에는 주름이 졌고, 피부도 탄력을 잃었지요. 그녀는 내가 오랫동안 봐왔던 줄무늬 원피스를 입고, 머리는 둥글게 말아 위로 틀어 올렸어요. 그들은 피난과 점령과 폭격을 겪었고, 당신의 죽음을 겪었어요. 아이를 잃은 부모인 겁니다.

당신이 거기 있어요. 보이지 않지만, 그들 사이에. 그들의 고통으로.

그들은 당신에게 '다음에 크면'이라고 말했을 거예요. '내년에', '올여름에', '곧' 당신이 무엇을 할 수 있을지 나열하면서, 읽는 걸 배우고, 자전거를 타고, 학교에 혼자 갈 수 있을 거라고 말했을 테지요. 그러나 어느 날 저녁, 미래의 자리에는 공허만이 남게 되었을 뿐입니다. 그들은 내게도 같은 말을 반복했어요. 나는 여섯 살, 일곱 살, 열 살이 되었고, 당신 나이를 금방 넘어섰습니다. 그들에게는 비교할 수 있는 대상이 더는 없었어요. 그녀는 내가 첫 생리를 하던 날, 지나칠 만큼 거북해하는 말투와 거의 충격을 받은 듯한 표정으로 생리대를 건네며 '소녀가 되는 것'이라고 말했지요. 그래서 나는 내가 어린아이에서 벗어나는 걸 그녀가 싫어한다고 막연히 생각하게 됐어요.

　　나를 놀라게 했던 이야기는 그게 처음이자 마지막이었습니다. 부모님은 내게 단 한 번도 당신에 대해 이야기하지 않았어요. 어머니도 아버지도.

　　당신 사진이 언제부터 장롱과 가족수첩에 숨겨져 있었는지 나는 모릅니다. 가족수첩은 다락의 녹슨 철제 금고 안에 들어 있었고, 금고가 열려 있던 어느 날 보게 되었지요. 아마도 열여덟 살쯤이었던 것 같습니다. 부모님은 정원에서 딴 꽃을 자전거에 싣고 서로 돌아가며 매주 묘지에 갔어요. 가끔씩 "당신, 산소에 갔다왔어?"라고 서로에게 은밀하게 묻기도 했지요. 1945년, 그들은 당신의 묘를 릴본이 아닌 이브토로 이장하고 싫어 했습니다. 양가 식구들이 거의 모두 이브토에 살고 있었거든요. 친척들 모두가 무덤에 자주 와서 당신을 추모하길 바랐을 테지요. 부모님이 당신 묘에 다닌다는 사실을 내가 알게 된 건 그로부터 7년 후였어요.

그들이 당신 이름을 말하는 건 한 번도 들어보지 못했어요. 사촌 언니 C에게 들어서 비로소 알게 됐지요. 당신 이름은 너무 구식이었고, 청소년이었던 내게는 별나게 느껴졌어요. 학교에도 그런 이름을 가진 여학생은 한 명도 없었고요. 지금도 여전히 그 이름을 들으면 이상하게 마음이 불편해지고 막연한 반감이 들어요. 나는 당신 이름을 입 밖에 내어본 적이 거의 없습니다. 마치 내게 금지된 이름인 양. 당신 이름은 지네트입니다.

그들은 간직하고 있던 당신 물건들에 대해 한 번도 말해준 적이 없어요.

내가 일곱 살이 될 때까지 당신이 쓰던 분홍색 나

무 침대에서 자게 했지요. 그 후에는 예쁜 침대를 사주었고, 작은 침대는 분해했어요. 네 개의 판과 나무틀, 철제 침대 밑판을 다락에 넣어두었다가 집에 놀러 온 아이를 재우기 위해 다시 조립했습니다. 나이가 들어 우리와 살려고 안시로 이사를 온 어머니는 다른 가구들과 함께 이 침대도 가지고 왔어요. 그런데 이삿짐 인부들이 실수로 내겐 알리지도 않고 이 침대를 샤랑트에 있는 내 시댁에 보내버렸지요. 나는 침대를 그 집 지하실에 넣어두었는데, 시부모님은 가볍게 웃으며 그걸 치워버렸다고 얘기하더군요. 그때가 1971년 여름이었어요.

그들은 갈색 가죽 책가방을 내어주고 6학년 때까지 들고 다니게 했어요. 당신이 초등학교에 다니기 위해 가지고 있던 가방이었죠. 그런 책가방을 든 아이는 나 혼자뿐이었어요. 사용하기도 무척 불편해서 책가방을 열자마자 방향을 단숨에 돌려야만 했는데, 그렇지 않으면 필통과 공책들이 떨어져 흩어져버렸어요. 집에서 늘 봤던 가방이라 내가 학교에 들어가면 쓰라고 부모넘이 오래전에 미리 사둔 거라고 생각했답니다. 당신 가방이었다는 건 스무 살이 넘어서야 알게 됐지요. 가방은 종이 정리용으로 여전히 보관하고 있어요.

1992년의 여름에 쓴 일기에서 이런 글귀를 발견했습니다.

어린이 – 그게 글쓰기의 기원일까? – 나는 내가 다른 장소에서 다른 존재로 사는 복제인간이라고 늘 생각했다. 내가 정말로 살아 있지 않으며, 이 삶은 또 다른 삶을 허구로 만들어 쓴 '글쓰기'라는 것을. 존재의 부재 혹은 이 가상의 존재를 파고들어야 한다.

내가 썼던 이 글이 어쩌면 이 가짜 편지의 – 진짜 편지는 살아 있는 자에게만 전해지는 거니까요 – 목적인지도 모릅니다.

언제라도, 심지어 어른이 되고, 내가 엄마가 되었을

때조차도 나는 왜 당신에 대해 한 번도 물어보지 않았을까? 내가 알고 있다는 사실을 왜 부모님에게 말하지 않았을까?

오늘에서야 나는 스스로에게 묻습니다. 아주 단순하지만 한 번도 생각해보지 않았던 질문이에요.

때 늦은 질문, 너무 내밀하거나 우리 모두에게 해당하는 질문은 적당한 순간이 오더라도 입 밖으로 꺼내는 게 불가능합니다. 대체로 50년대에는 우리가 이미 알고 있다 하더라도, 부모와 어른들이 알려주고 싶어 하지 않는 것에 대해 질문하는 건 암묵적인 규칙처럼 금지되어 있었습니다. 열 살 여름의 일요일에 나는 이야기를 들었고, 침묵해야 한다는 무언의 지시를 받았던 것이죠. 그들이 원하는 바가 내가 당신의 존재를 알지 못하는 것이었다면, 부모님의 그런 바람에 부응하기 위해, 나는 아무것도 물어보지 말아야 하는 것입니다. 그 지시를 위반한다는 것은 ─ 그건 상상도 하지 않았어요 ─ 그들 앞에서 외설스러운 말을 내뱉는 것과 똑같은 일로 보였고, 더 최악은 그 질문으로 인해 파국을 맞거나 엄청난 벌을 받게 되리란 것이었습니다. 이런 생각은 카프카가《아버지에게 드리는 편지》에 쓴 내용

중에서 그의 아버지가 아들에게 했던 말, 스물두 살에 대학 기숙사 침대에서 읽자마자 필사했던 그 문장에서 떠올렸던 건지도 모릅니다. 카프카 아버지는 '널 생선처럼 찢어버리고 말겠어'라고 했습니다.

열여섯 살 때였어요. 마리루이즈 이모 댁에 갔는데, 주말마다 늘 취해 있던 이모가 침묵의 의무를 잊어버리고 사진을 가리키며 "네 언니다"라고 하는 겁니다. 나는 순간 공포에 사로잡혔어요. 사진 근처에 있던 아버지와 어머니가 이 말을 들었을까 봐, 그와 동시에 내가 그들의 비밀을 알고 있다는 사실을 알게 될까 봐 당황하며 사진을 바라볼 엄두도 못 내고 다른 이야기로 황급히 넘어갔던 기억이 납니다.

우리는 허구를 마치 실제인 양 지탱해나갔습니다.

1967년 6월, 아버지의 관이 당신 바로 옆, 입을 벌린 묘혈로 내려갔습니다. 어머니와 나는 그 옆이 당신 묘라는 걸 모르는 체했지요. 다음 해 여름에 어머니 집에서 휴가를 보내면서 정원에서 딴 꽃을 들고 아버지 무덤에 찾아갔어요. 당신 무덤에는 꽃을 놓지 않았습니다. 어머니가 아무 말도 해주지 않았거든요. 당신이 누워 있는 자리는 거론되는 일조차 없었어요.

어느 순간, 내가 당신의 존재를 알고 있다는 걸 그들이 알아차린 게 분명해요. - 하지만 난 그들이 언제, 어떤 일로 알게 되었는지는 결코 알 수 없을 겁니다 - 그래도 침묵을 깨기에는 이미 늦어버렸어요. 너무 오래된 비밀이었으니까요. 그들로서는 이제 와서 비밀을 털어놓는 게 꽤나 복잡해져 버린 거지요. 나는 그 비밀과 함께 살아왔다는 느낌이 듭니다. 아이들은 비밀을 간직한 채, 말하지 말아야 한다고 믿는 것과 함께 살아가지요. 우리가 생각하는 것보다 훨씬 더 그렇답니다.

침묵은 그들과 나, 우리에게 도움이 되었던 것 같습니다. 비밀이 나를 지켜주었어요. 가족 중에서 죽은 아이들을 숭배해야 하는 부담을 피하게 해주었으니까요. 그건 살아 있는 자들에게 알 수 없는 비참한 마음을 안겨주어요. 내가 분노했던 것이 바로 그것입니다. 내가 그 당사자였으니까요.

사촌 언니 C의 어머니는 세 살 때 죽은 C의 자매 모니크를 끊임없이 칭찬했다고 해요. '너무 예쁜 아이'였다면서요. 부모님은 내 면전에서 '그 아이가 너보다 훨씬 더 착했어'라고 선언하면서, 이상적인 표본으로서의 당신을 흔들어놓을 수 있는 모든 가능성을 차단했어요.

나는 부모님이 당신에 대해 말하지 않기를 바랐습니다. 어쩌면 그들이 계속 침묵하다가 당신을 잊어버리길 바랐는지도 모릅니다. 내가 이런 마음을 품었다는 건 분명해요. 어른이 된 후에도 당신이 그들 안에서 사라지지 않는 불멸의 존재였다는 사실을 인정해야 할 때마다 설명하기 힘든 깊은 혼란에 빠졌던 기억이 있거든요.

1983년, 내 앞에서 어머니는 사라져가는 자신의 기억을 검사하는 의사에게 이치에 닿지 않는 답변들을 늘어놓았지만 하나만은 정확하게 답했습니다. '내게는 두 딸이 있어요'라고. 어머니는 자신의 출생 연도를 기억하지 못했어요. 그 대신 당신이 죽었던 해인 1938년을 말했지요.

1965년에 남편과 나는 부모님이 아직 보지 못한 6개월 된 첫아들을 데리고 보르도에 계신 부모님을 뵈러 갔지요. 우리가 차에서 내렸을 때, 아버지는 마침내 자신의 손자를 본다는 기쁨에 겨워 그곳에서 기다리고 있었어요. 그리고 '손녀가 왔어!'라고 소리쳤답니다. 나는 아버지가 했던 그 말실수를 듣고 싶지 않았습니다. – 오늘날 나는 이 실수에 대해 미적인 면을 포함한 모든 면에서 헤아려봅니다 – 나는 그로 인해 낙담했고, 우울해졌지요. 아마 무서운 마음도 들었던 것 같습니다. 나는 당신이 내 몸을 통해 내 아이로 다시 태어나기를 바라지 않았으니까요.

[내가 이 편지에서 추구하는 건, 육신과 피와는 전혀 상관없는 당신의 부활이 아니었을까요?]

부모님 역시 침묵으로 스스로를 보호했고, 당신을 지켰지요. 내 호기심이 미치지 못할 곳에 당신을 두었어요. 나의 섣부른 호기심으로 마음이 갈기갈기 찢기지 않도록 말이죠. 그들은 자기 자신을 위해 당신을 마음속에 간직했어요. 내가 접근할 수 없는 감실[3] 안에 당신을 둔 것입니다. 당신은 그들에게 성스러운 존재였어요. 잦은 부부싸움과 격렬한 언쟁에도 불구하고 그들을 굳건히 하나로 뭉치게 해준 것은 바로 당신이었지요. 1952년 6월, 아버지가 지하창고로 어머니를 끌고 갔어요. 그는 어머니를 죽이려고 했습니다. 나는 둘 사이에 있었지요. 잘 모르겠어요. 아버지가 어머니를 죽이지 않았던 게 나 때문이었는지, 당신 때문이었는지. 그 사건 직후에, '아빠는 그 애가 죽었을 때처럼 미친 거야'라고 생각했던 게 기억납니다. 그리고 울면서 어머니에게 물었어요. "아빠가 예전에도 이랬어요?" 어머니가 '그렇다', 라고 대답할 거라 생각했지만 어떤 답도 들을 수 없었습니다.

나는 그들을 전혀 비난하지 않아요. 아이를 먼저 보낸 부모는 그들의 고통이 살아 있는 자에게 어떻게 작

3　성당 안에 성체를 모셔둔 곳

용하는지 알지 못하니까요.

그들은 차례차례 땅에 묻히면서, 1938년 봄에 잃어
버린 모든 것, 당신에 대한 살아 있는 기억을 무덤 속으
로 가지고 갔습니다. 당신의 첫걸음, 즐겁게 놀던 당신
모습, 당신의 두려움과 아이들에 대한 당신의 질시, 당
신이 학교에 입학하던 날. 당신의 죽음은 이 모든 기억
을 견딜 수 없는 회한으로 바꾸어놓았지요. 이와는 반
대로 그들은 내게 진절머리를 냈어요. 나는 수많은 일
화로 채워진 유년기를 보냈지만, 당신의 유년에 비하
면 텅 비어 있는 셈이에요.

나는 당신이 내 결점 중 아주 작은 것이라도 가지
고 있지 않으며, 아이라면 으레 하기 마련인 유치한 장
난도 안 했을 테고, 책을 읽던 사촌 언니 C의 머리카락
을 몰래 잘랐던 날처럼 당신과 같은 나이에 내가 저지
른 '교정'해야 할 행동들도 결코 하지 않았을 거라고 생
각했어요. 내게 당신은 과오를 범하거나 벌을 받는 것

조차 불가능한 사람이었고, 진짜 아이다운 특성을 전혀 가지고 있지 않은 사람이었지요. 성녀들처럼, 당신은 어린 시절을 갖지 않았어요. 나는 당신의 실제 모습을 전혀 상상할 수가 없습니다.

하지만 나는 왜 여전히 늦지 않았는데도 당신을 알았던 삼촌이나 이모들에게 당신의 존재를 물어보지 않았을까요? 당신보다 네다섯 살 더 많은 사촌 언니 드니즈는 당신과 함께 사진을 찍은 적이 있어요. 하지만 난 그 언니를 몰랐지요. 내 어머니와 그녀의 어머니는 전쟁 전부터 서로 의가 상해 만나지 않았거든요. 난 드니즈 언니를 만나려고 시도해본 적도 없었고, 최근엔 사망 소식을 들었어요. 그러니까 나는 알고 싶지 않았던 거예요. 열 살 때 당신에 대해 알았던 것들, 죽음과 순수함, 신화를 지키고 싶었으니까요.

부모님 방의 사용하지 않던 벽난로 위에 놓여 있어서 오래전부터 봐왔던 당신 사진을 기억합니다. 사진

옆에는 성모상이 두 개 있었는데, 그중 하나는 내가 파상풍에서 회복된 후 어머니가 루르드에 갔다 오면서 가져온 것이에요. 노란 페인트로 칠해져서 밤이면 빛이 났지요. 그보다 더 오래된 순백의 다른 성모상은 양팔로 신기한 밀 이삭을 들고 있었습니다. 보정한 당신 사진은 쇠 받침에 끼워진 유리 액자 안에 들어 있었어요. 푸른 기가 도는 눈밭을 배경으로 당신 얼굴이 또렷이 보입니다. 루이스 브룩스처럼 윤기 나는 검은 머리, 화장을 한 듯 짙은 입술, 분홍빛이 살짝 감도는 볼과 흰 피부.

잃어버리지만 않았다면, 이 편지 중간에 넣고 싶었던 사진입니다. 사진 속의 당신은 내가 상상하던 것과 같은 성녀의 모습을 하고 있어요. 당신의 다른 사진들도 내 소유가 아니에요. 그러나 어떤 사진이 됐든 다른 사람에게 보여준다는 생각만 해도 신성모독을 저지른 듯 오싹해집니다.

이 편지를 시작하기 전에는 무심코 당신을 떠올려

도 아무런 생각이 들지 않았어요. 하지만 지금은 평온
하던 마음이 산산이 부서졌습니다. 글을 쓰면 쓸수록
마치 꿈을 꾸듯 이끼만 잔뜩 돋은 인적 없는 습지에서
걸음을 내딛는 듯하고, 단어들의 틈새를 헤치고 나아
가 불분명한 것들로 가득 찬 공간을 넘어가야 할 것만
같아요. 내겐 당신을 위한 언어도, 당신에게 말해야 할
언어도 없으며, 부정적인 방식을 통해 지속적인 비존
재 상태로 있는 당신에 대해 무슨 말을 해야 할지 모른
다는 생각도 듭니다. 감정과 정서의 언어 바깥에 있는
당신은 비언어입니다.

　　당신의 이야기를 만들 수가 없어요. 열 살 여름에
상상한, 죽음과 구원이 뒤섞인 장면 외에는 당신에 대
한 다른 추억이 없거든요. 내가 당신 존재를 확인할 수
있는 건 움직임도, 목소리도 없이 사진에 박제된 이미
지뿐입니다. 그때는 동영상 기술이 보급되지 않았어
요. 사진 없이 죽은 자들이 있는 것처럼, 당신은 오디오
와 비디오 녹화 없이 죽은 자들에 속합니다.
　　당신은 내 흔적에 얽힌 당신의 흔적을 통해서만 존

재할 뿐이지요. 당신에 대해 쓰는 건 존재하지 않는 당신 주위를 맴돌며, 남겨진 부재를 묘사하는 것에 지나지 않아요. 당신은 글쓰기로 채울 수 없는 텅 빈 형체입니다.

나는 그들의 고통 속으로 들어갈 수도 없었고, 그러고 싶지도 않았습니다. — 그게 과거의 자신과 연관된 문제일 때, 이 둘은 합쳐지지요 — 고통은 나보다 전에 있었고, 내게는 낯설었어요. 고통이 나를 제외시킨 겁니다.

예배행렬 때, 성모에게 바치는 노래 〈언젠가 뵈러 가리〉를 절망에 가득 찬 떨리는 목소리로 부르던 어머니는 후렴구인 '하늘로 하늘로 하늘로'에서 결국 음이 이탈하고 맙니다. 나는 고통을 대하는 어머니의 방식을 통해 그녀가 얼마나 괴로운지 헤아리고 싶지 않았어요. 어머니는 갑자기 입을 닫고 불현듯 다른 생각에 빠져들기도 했고, 늘 걱정을 달고 살았지요. 내가 방과 후에 조금만 늦거나 영화를 보러 가거나 자전거를 타러 갈 때도 내게 '무슨 일이라도 일어날까 봐' 걱정하며 잔소리를 퍼부었고, 난 '엄마는 내게 뭔 일이 생기길 원하는 거야?'라고 짜증을 내며 쏘아붙이곤 했어요.

하지만 나는 오랫동안 그들의 고통을 들으면서도 알아차리지 못했고, 그들의 아픔을 알면서도 깨닫지 못했습니다.

새끼들을 빼앗긴 어미 고양이의 목쉰 비명 소리에서. - 어미 고양이에게서 새끼들을 빼앗아 산 채로 땅에 묻는 것은 시골에선 흔한 일이었습니다. 어느 날 나는 땅을 파서 새끼 고양이들을 구출하기로 결심하고, 그 계획에 사촌 자매를 끌어들였지요. 사촌은 아직도 그 일을 기억하고 있어요. 그리고 새끼들을 묻었던 아버지에게서, 내게 손을 댄 적이 한 번도 없었던 그에게서 처음이자 마지막으로 뺨을 맞았습니다.

마태오 복음서에 나온 예레미야 선지자의 말에서.
'라헬이 자식들을 잃고 운다. 자식들이 없으니 위로도 마다한다.'
중학교 2학년 때 외워야 했던 뒤페리에의 《잃어버린 이성》에서.

말레르브는 뒤페리에의 딸이 죽었을 때 현학적이고 어리석은 위로를 건넸습니다.

여전히 기억하고 있는 셰니에의 시, 한 구절에서.

'타렌티움의 처녀, 미르토가 죽었다.'

나는 그들의 고통 속에서 산 것이 아니라, 당신의 부재 속에서 살았습니다.

내가 처음으로 그들의 고통에 가까이 다가갔던 건, 13년 전, 릴본의 이웃이 보낸 편지 한 통을 받고 나서였어요. 당신이 죽었을 당시에는 어린 소년이었던 프랑시 G.가 보낸 편지였지요. 그는 이렇게 썼어요.

발레의 모든 이와 다른 많은 사람들은 선생님의 양친과 여섯 살에 디프테리아로 사망한 선생님의 자매, 지네트를 뚜렷이 기억하고 있습니다. 제 사촌 자매들 [이베트와 자클린 H.]이 말해주길, 손님들은 여드레가 넘도록 식료품점에 갈 생각을 차마 못 했다고 하더군요. 선생님의 부모님이 겪는 고통을 보는 게 너무 슬퍼서 말입니다. 어쩌면 끔찍한 병에 대한 두려움 때문에 가지 않았던 걸 수도 있고요.

부모님이 겪었던 고통스러운 현실에 공감하기 위해, 내게는 당신 죽음을 목격한 살아 있는 증인들의 말이 필요했던 건지도 모릅니다.

만일 감정에 관한 단어들을 쭉 늘어놓는다 해도, 내 유년기와 그 이후의 삶에서도 당신에게 해당하는 내 감정의 단어는 하나도 찾을 수 없을 겁니다. 당신은 죽은 사람이기에 증오할 대상이 되지 못하며, 관계가 가깝든 멀든, 다른 사람을 향해 인간의 마음에서 솟아나오는 애정의 대상도 될 수 없지요. 백지 같은 감정. 내가 '무덤'에 대한 그들의 생각에서 이름 없는 당신의 존재를 의심했을 때, 고작해야 불안함이 더해졌을 뿐인 중립의 감정.

혹은, 어쩌면 당신이 복수할지도 모른다는 막연한

두려움.

　　당신을 생각해본 적이 없습니다. 나는 끊임없이 새
로운 지식을 갈구했으며, 나의 자부심은 라틴어였고
대수학이었어요! 또한 사랑과 섹스를 상상하며 글을
구상하는 일에 마음을 온통 쏟아부었지요. 어린 시절
을 기억하고픈 생각조차 없고 오로지 미래만 꿈꾸는
청소년에게 전쟁 전에 사라진 어린 소녀의 실체 없는
이미지가 얼마큼의 무게를 가질 수 있을까요? 행복하
거나 - 생리를 시작하고, 사랑에 빠지고, 모파상의《인
생》과 보들레르의《악의 꽃》을 읽는 것 - 불행했던 -
1952년의 일요일 - 모든 일에 비해, 혹은 이브토에서 보
내는 갑갑하고 지겨운 여름방학처럼 아무 일 없는 나
날이나 그래도 곧 다가올 일들 - 차가워진 상쾌한 공
기가 예고하는 학교에서 맞을 아침과 사랑 노래, 토요
일마다 루앙의 기차에서 내리는 학생들로 왁자지껄한
분위기 - 에 비해 당신의 죽음은 내가 고려할 만한 대
상이 아니었어요.

당신은 언제나 여섯 살에 머물러 있었고, 나는 세상으로 점점 더 나아갔지요. '계속 가고자 하는 드센 갈망'으로요. - 이 표현의 의미는 스무 살에 엘뤼아르의 시에서 발견했어요 - 당신에게 온 것은 죽음뿐이었습니다.

나는 살고 싶었어요. 병이 들거나 암에 걸릴까 봐 두려웠지요. 열세 살 여름에 다시 다리를 약간씩 절기 시작했는데 아무 말도 하지 않았어요. 신발 뒤꿈치에 종이를 넣어 절지 않고 걸을 수 있도록 했답니다. 다시 깁스를 대는 것이 싫었고 베르크 해변으로 보낼까 봐 겁이 났으니까요. 어쩌면 나는 당신과 당신의 죽음, 나의 기적적인 생존에서 내 온 힘을 끌어낸 건지도 모릅니다. 아니면 당신이 내게 끓어 넘치는 에너지, 삶에 대한 열망을 주었던 건지도 모르지요. 60년대에 생일레르뒤튀베의 결핵 요양소에서 대학생들이 겪었던 것과 동일한 것을요. 결핵에 걸린 그들은 항생제가 발명되었지만 코앞으로 바짝 다가온 죽음에 사로잡혀 있었어요. 그리고 나는 그들 중 한 명과 결혼하기로 선택하지요. - 우연이었을까요? - 자기 일기장에 '임종'이라는 제목을 붙인 사람이었습니다.

　나는 외동딸로서 내가 갖는 이점을 알고 있었어요.
더구나 다른 아이가 죽은 후에 온 아이기에 늘 마음 졸
이며 더욱 정성을 쏟게 되는 애정의 대상이었지요. 아
버지는 무엇보다 내가 행복하기를 바랐습니다. 어머니
는 내가 '좋은 사람'이 되기를 원했지요. 그들이 바라는
것이 더 많아질수록, 나는 친지들 사이에서 그리고 우
리 노동자 마을에서 특권을 지닌 부러움의 존재가 되
었습니다. 빵 심부름도 하지 않았고, 공부를 한다는 핑
계로 손님들에게 '나는 손님을 맞지 않아요'라고 대답
하곤 했지요. 당신은 그들의 슬픔이었어요. 그러나 나
는 그들의 희망이자 골칫덩이였고, 첫영성체부터 대학
입학 자격시험까지 그들의 이벤트였으며 성공이었습
니다. 나는 그 사실을 알고 있었어요. 내가 그들의 미래
였지요.

　나보다 여덟 살이나 열 살 정도 많은 당신이 살아

있다면 현재 몇 살일지 가끔씩 계산해보곤 했습니다. – 대략 계산했어요. 당신이 태어난 해가 정확하게 언제인지 오랫동안 몰랐거든요 – 간극은 너무나 컸어요. 당신을 젊은 여성으로, 옷가게에서 나오고, 나를 대수롭지 않은 꼬마로 여기는 아가씨들로 상상해야 했으니까요. 나이로, 가슴으로, 알고 있는 것과 그들의 권리로 우월감을 가지고 나를 누르려는 그런 여자들과 흡사한 언니는 없어도 별로 아쉽지 않았어요. 당신이 살아 있었더라도, 우리가 함께할 수 있는 것은 아무것도 없었을 거예요. 차라리 나보다 더 어린 여동생, 살아 있는 인형같이 귀여운 아기 동생이 있었다면 더 행복했을 것 같아요.

하지만 당신과 나는 외동으로 살아갈 운명이었어요. 아이 하나만 갖겠다는 그들의 바람은 평상시 버릇처럼 하던 말속에 들어 있었으니까요. '아이가 하나니까 가능하지, 둘이면 힘들었을 거야'라는 말이었어요. 이 말은 당신의 삶 혹은 나의 삶 하나만을 함축하고 있어요. 둘 다는 아닌 거예요.

이 두 가지 현실은 – 당신의 죽음과 아이 하나를 키우는 데 필요한 경제력 – 서로 상관없는 개별적인 사항으로 내 머릿속에 남아 있었어요. 이 둘을 연결하기까지, 그리고 당신이 죽었기 때문에 내가 세상에 왔고, 나는 당신을 대치했다는 사실을 번뜩 깨닫기까지는 거의 삼십 년이란 세월과 내 소설,《남자의 자리》를 쓰는 게 필요했습니다.

내가 피해선 안 되는 질문이 하나 있습니다. 내가 《남자의 자리》를 쓸 때, 현실에 보다 가깝게 쓰려는 마음을 갖지 않았더라면, 지난 세월 동안 당신을 가둬두었던 내 어두운 내면으로부터 당신이 다시 올라올 수 있었을까요? 이 편지처럼, 내가 쓴 책들은 마치 출구가 보이지 않는 통로에서 자꾸만 겹겹이 드리워지는 천들을 하나씩 들추며 나아가듯, 이전에는 미처 알지 못했던 것 속에 가라앉아 있던 당신을 다시 태어나게 하는 것일까요?

아니면 정신분석학이 유행하던 그 시대의 분위기에 휩쓸려 무의식적으로 당신을 향해 이끌렸던 걸까요? 글쓰기의 기저를 파헤쳐, 그곳에 늘 숨어 있으면서 작가를 꼭두각시로 만들어버리는 유령을 몰아내라는 명령을 따르면서 말이죠. 그렇다면 나는 이 편지에서 당신을 정신분석학이 만들어낸 창조물로 생각하지 말아야만 했을까요? 우리는 결코 죽음에서 벗어날 수 없는 존재인데도 원시주의로 회귀하여 악착같이 존재하는 창조물로 말입니다.

　'당신'은 덫입니다. 숨 막히게 하는 무언가를 가진 채, 역겨운 슬픔의 냄새를 풍기며 당신에 대한 가상의 친밀감을 만들어내요. 나를 비난하려 가까이 다가오죠. 내가 존재하는 이유가 당신 때문이라고 믿게 하며, 당신의 죽음을 우위로 두어 내 존재 전부를 깎아내리려 합니다.

　내가 그렇게 여기는 까닭은, 행복과 불행 사이에서 엄밀하게 저울질하여 만든 나에 대한 인식을 당신에게까지 거슬러 올라가야 완성할 수 있다는 유혹 때문이에요. 모든 기쁨의 순간이 슬픔에서 나왔고 모든 성공은 알지 못하는 형벌에서 비롯된 것일 수 있다는 데서, 나는 두려움을 느낍니다. 내가 청소년기부터 성적인 것만 제외하고 온갖 형태에 적용해본 등가원리를 생각해보면, 행복이나 성공을 얻기 위해선 그만큼의 고통이 따르는 법이지요.

옛날에 대학 입학 자격시험에 합격하기 위해 유행 지난 오래된 주름치마를 입고 시험을 보러 갔던 일, 떠난 사랑을 돌아오게 해줄 거라는 희망을 품고 고행하는 심정으로 치통을 참았던 일이 바로, 희생은 '돌려받는다'는 이 원칙에 따른 거였어요. 죄인을 구원하기 위해 자신의 고통을 내어주는 기독교인의 의무는 결국 이기적인 목적에서 나왔던 것이지요.

당신은 내 안에 자리 잡은 가톨릭 종교의 허상인가요? 제병[4]에 깃든 '그리스도의 실재'처럼. 엄숙한 영성체 날, 나는 입천장에 들러붙은 제병을 혀끝에서 잘게 찢어 먹었어요. 그래서 죽을죄를 지었다고 생각했지요. 이 잘못을 고백해야 한다고 생각하니 공포심이 몰려와 점점 더 의기소침해졌습니다. 그러고는 내가 지옥에 떨어질 거라는 확신에 영성체를 점점 더 소홀히 하게 되었답니다.

---

4 성체 성사에 쓰는, 누룩 없이 만든 둥근 빵

이곳에서 나는 그림자 뒤를 쫓을 뿐입니다.

　혹시, 내 안에서보다 내 바깥에서 당신을 찾는 게
옳았을까요? 상급반 여학생들, 그들처럼 되고 싶다는
마음을 품게 한 마들렌 투르망트, 프랑수아즈 르누, 자
닌 벨빌, 이 소녀들에게서 당신을 찾았어야 했을까요?
만일 그렇다면, 나는 초등학교 중간 학년 혹은 6학년
의 파란 블라우스를 입은 아이로 돌아가야 합니다. 운
동장에서 이들이 눈길 한 번 주거나 말 한 번 걸어주는
거 기대하지도 않고 시비로워 보이는 여신 간음 이든
을 그저 흘끔흘끔 쳐다보는 아이로요.
　아니, 좀 더 확실하게는 소설과 영화 속의 아가씨
들, 그리고 왜인지 모르게 마음이 흔들린 - 결코 잊히
지 않는 - 그림 속의 젊은 여성들에게서 당신을 찾았
어야 했나요? 그래요, 틀림없이 그곳이었어요. 다른 이
들은 판독할 수 없는 상상의 인물 목록. 바로 그 안에서
당신을 발견해야 했던 거예요. 그건, 우리를 대신해서

자기가 할 수 있다고 그 누구도 떠벌릴 수 없는 일입니다.

나는 당신이 소설《제인 에어》의 등장인물인 현명하고 독실한 헬렌 번즈 속에 스며들어 있다는 것을 이미 알고 있어요. 그녀는 음산한 브로클허스트 기숙학교에서 제인이 만난 연상의 친구입니다. 헬렌은 결핵 때문에 쇠약해졌고, 제인은 많은 학생들을 죽음에 이르게 한 티푸스에 기적적으로 걸리지 않았어요. 어느 날 밤 제인은 의무실로 가서 헬렌을 다시 만납니다. 헬렌은 제인에게 자신의 침대로 들어오라고 하지요.

"나한테 작별 인사하러 온 거니? 제시간에 왔네."

"헬렌, 너 어디로 떠나? 집으로 가는 거야?"

"응. 내가 열망하는 무덤으로 갈 거야. 거기서 영원히 머무르려고."

"안 돼, 안 돼, 헬렌!"

"그런데 헬렌, 너 어디로 가는 거야? 그곳을 봤어? 그곳이 어디인지 알아?"

"나에겐 신앙이 있어. 난 신에게 갈 거라고 믿어."

"신이 어디 있는데? 신이 뭔데?"

다음 날 아침, 사람들은 죽어 있는 헬렌을 발견하고, 헬렌을 끌어안은 채 자고 있던 제인을 떼어냅니다.

내 앞에 사진 한 장이 있습니다. 사촌 자매인 C가 20여 년 전에 보내준 사진이에요. 두 거리의 모퉁이 인도 위에 세 명이 서 있어요. 진한 색의 외출용 더블 슈트를 빼입고, 한 손에 모자(내가 본 아버지 모자는 베레모들뿐이었어요)를 든 채 미소를 짓고 있는 키 큰 남자는 아버지예요. 그 옆에는 흰색 롱원피스를 입은 성체배수자인 아버지 조카 드니즈가 있는데, 모자의 베일에 둘러싸인 얼굴과 발목만 보여요. 드니즈의 갈색 머리는 그녀 앞에 서 있는 어린 소녀의 가슴까지 드리워져 있어요. 그 소녀가 바로 당신이에요. 당신도 흰 옷을 입었어요. 반소매 원피스에 발목 양말과 샌들을 신었고, 가운데 가르마를 한 머리 왼쪽에 리본을 꽂고 있어요. 귀 바로 위로 각지게 자른 짙은 머리는 기묘하게 완벽한 아치형으로 봉긋 솟은 이마를 감싸고 있지요. 당신은 웃음기 없는 엄숙한 표정으로 카메라를 보고 있어요. 어두운 붉은색으로 보이는 입술은 넓게 벌린 손가락 끝을 서로 맞닿게 하고 있는 당신의 행동만큼이나 세밀해 보입니다. 성체배수자의 베일이 당신 팔 위쪽까지 덮은 데다가, 두 사람의 흰 원피스가 포개진 듯 보여서 당신은 성체배수자 속으로 녹아든 것만 같습니다. 세 사람 뒤로 보이는 벽에는 읽을 수 있을 정도로 큰 글씨가 쓰인 포스터가 붙어 있어요. '소중한 삶 – 음식의 사회적 개혁 – 임금 인상 – 유급휴가 – 40시간'. 멀리, '지중해'라는 간판이 붙은 큰 건물이 있고, 그 건물을 향해 걸어가는 흐릿한 형체들이 보입니다. 세 사람이 입은 예복은 준공업지구의 황량한 분위기와 대조를 이루어요. 사진은 1937년 르아브르에서 찍은 것이에요. 당신은 다섯 살입니다. 당신이 살날은 앞으로 일 년뿐이에요.

나는 당신의 심각한 표정과 심심풀이로 쫙 펼친 손가락, 비쩍 마른 다리를 봅니다. 사진 속 당신은 내 유년기를 지배하던 불길한 존재도, 성녀도 아니에요. 디 프레리아로 인해 세상의 지면에서 뿌리째 뽑혔으나, 예식이 있던 그날, 그 시간에 르아브르 서민 동네의 시멘트로 가장자리를 마감한 넓은 인도에서 형체와 실체를 지니고 있던 소녀일 뿐이지요. 시간을 거슬러 그곳에서 불쑥 튀어나온 어린 소녀입니다.

당신의 생명에서 영원을 얻은 내 생의 광활함이 나를 뒤덮습니다. 내 뒤에는 헤아릴 수 없을 만큼 많은 것들이 있어요. 보고, 듣고, 배우고, 잊어버리는 것들, 동고동락하는 남자와 여자들, 거리들, 저녁과 아침들.

과잉의 이미지가 넘칠 정도로 내게 쏟아집니다.

아주 멀리 있으나 너무나도 선명한 이미지. 그것들은 처음부터 릴본에 있었어요.

당구대가 있는 카페 홀, 나란히 놓인 대리석 테이블, 식탁에 앉아 있던 폴드렝 씨와 치아가 두세 개뿐인 그의 부인, 그리고 다른 손님들의 어렴풋한 실루엣

포석이 깔린 작은 안뜰로 난 유리문, 유리문으로 공간을 구분한 식료품 가게와 주방

계단 위쪽의 식사실, 테이블 위의 반구형 컵과 그 안에 꽂아놓은 검은색과 오렌지색 셀로판지 꽃들

짧은 털에 끊임없이 몸을 떨고 강에서 잡아 온 쥐들을 죽이던 암컷 개, 푸페트

거무스름한 데제네레 방적공장 대단지와 철판으로 만든 거대한 굴뚝

방앗간과 빛바랜 초록 물레바퀴

이 이미지들은 내가 쓴 책들에 들어 있어요. 당신 것이기도 했던 이미지라고 생각하면 기분이 묘해져요. 1997년에 프랑시 G.가 보낸 편지에서처럼, 당신과 내가 사람들의 기억 속에 함께 존재한다는 사실을 확인할수록 더욱 그렇습니다.

사촌 자매인 이베트는 화창한 날, 당신의 언니 지네트를 데리고 외출을 했다고 하더군요. 트리니테뒤몽으로 가는 길에서 그녀를 산책시켰다고 합니다. 자클린은 당신이 아주 아기였을 때 안아줬었는데, 그때 당신은 작은 두 다리에 깁스를 하고 있었다고 해요. 뒤셴 부

인이 각별히 조심하라고 당부했던 일도 기억하고 있
지요.

　당신을 알았던 릴본의 사람들을 다시 봅니다. 희미
하게 떠오르는 그들, 당신 주위에서 소용돌이치는 그
들의 이름. 뫼르제 부부, 보르도, 뱅상, 외드, 트랑샹, 반
려동물로 원숭이를 키웠던 보슈 부부. 당신이 들었던
거리와 장소의 이름을 듣습니다. 1945년 이후로는 한
번도 돌아가지 않았던 곳들입니다. 세자린 거리와 구
베르물랭 거리, 라프레네, 르베케.
　당신을 기억하는 조부모님과 삼촌, 숙모, 사촌들을
기억합니다. 나는 그들에 대해 글을 쓴 적이 있어요.
　우리 두 사람은 동일한 세상의 한복판에서 자각하
기 시작했지요. 똑같은 목소리, 똑같은 몸짓, 똑같은 언
어가 더위와 추위, 배고픔과 목마름, 음식, 날씨, 그리고
존재하는 모든 것을 우리에게 알려줬어요. 우리가 똑
같이 들었던 프랑스어가 '세련되지' 않은 어법의 언어
였다는 건 학교에 들어가서 알게 됐답니다.
　우리는 똑같은 자장가를 들으며 잠이 들었어요. 그

는 '힘들어지면, 내게 돌아와'를, 그녀는 '체리가 익어갈 무렵'과 애달픈 곡조의 '사랑이 온 사방에 감도네, 사랑이 가엾은 세상을 위로하네'를 불렀지요.

우리는 같은 몸에서 태어났어요. 그것만은 정말 생각하기도 싫었답니다.

릴본에서 주방에 있던 내 모습이 보입니다. 저녁 식사를 마친 후였어요. 가게는 문을 닫았고, 나는 그녀의 무릎 위에 앉아 가슴에 몸을 찰싹 붙이고 있어요. 그녀는 '북쪽 다리에서'를 부르고, 그는 맞은편에 앉아 있습니다.

흐린 일요일, 이브토에서 산책을 합니다. 그들은 내 손을 잡고, 나는 자갈길 위로 걸어가는 그들의 신발과 그 옆의 조그만 내 신발을 바라보아요.

이런 이미지 속에서, 당신이 내 자리를 차지하고 있는 모습은 한 번도 상상해보지 않았어요. 나는 그들과 함께 본 그곳을 당신에게 보여줄 수가 없습니다.

나는 내가 있었던 그곳에 당신을 데려다 놓을 수 없고, 내 존재를 당신의 존재로 바꿀 수 없습니다. 죽음이 있고, 삶이 있지요. 당신 또는 나. 나는 존재하기 위해서 당신을 부인해야만 했어요.

2003년에 일기장에 적혀 있던 이야기의 장면을 다시 보았습니다.

나는 그녀처럼 '착하지' 않다. 나는 쫓겨났다. 그러니 이제는 사랑 속에서 살 수 없고, 단지 고독과 지성 속에서 살아가야 한다.

릴본

Lillebonne ; © D.R.

몇 년 전, 릴본의 발레에 가서 동네를 둘러보았습니다. 우리 두 사람이 태어났던 탄느리 거리의 카페 식료품점은 70년대에 주택으로 바뀌었다고 하더군요. 정면을 흰색으로 칠한 건물은 칙칙한 이웃집들 사이에서 유독 도드라져 보였어요. 완전히 리모델링을 하여 ― 식료품점의 문은 창문으로 변했답니다 ― 옛날의 가게 모습은 모두 사라져버렸지요. 안으로 들어가서 내부를 살펴보고 싶은 생각은 없었어요. 지금도 집을 보수하기 위해 끊임없이 골조를 강화하고, 다시 페인트칠하고, 새로 도배를 해야 한다는 사실을 알게 되었거든요. 새로 공사하여 달라진 집 구조와 다른 사람들의 가구가 내 기억에 상처를 줄까 봐 두렵기도 했고요.

작년 여름에 갑자기 그 집에 들어가 보고 싶다는 마음이 들더니 점점 절실해졌어요. 그때는 이 편지를 쓰겠다는 생각을 하기도 전이었는데 말입니다. 한 번 그런 마음이 들자 참을 수가 없었어요. 하지만 어려운 관문이 있었지요. 지금 살고 있는 사람들을 만나서, 당연히 내켜 하지 않으며 주저하는 그들을 설득하여 내게 문을 열어주도록 하는 건 쉬운 일이 아니니까요. 그러다 편지로 부탁하면 된다는 사실을 문득 깨달았어요. 물론 보조적인 수단이었지만 그 방법은 미처 생각하지 못했거든요.

편지와 메일을 교환하고 나서, 50대 부부인 집주인들은 내가 그 집에 들어가는 걸 허락해주었습니다. 작년 4월이었어요. 1945년 이후 처음이었죠.

1층은 모든 게 변한 것처럼 보였어요. 칸막이벽들은 모두 사라지고 널찍한 공간으로 바뀌었더군요. 유난히 낮은 천장과 - 손을 뻗으면 닿을 정도예요 - 강가로 면한 작은 안뜰만 알아볼 수 있었답니다. 캐비닛들, 세탁실, 토끼를 키우던 곳은 사라졌어요. 2층에는 좁은 복도를 만들기 위해 거리로 난 방 두 개와 복도 쪽 다른 방 두 개 사이에 가벽을 - 내 기억에는 없는 - 설치한 것 같았고요. 오른쪽의 첫 번째 방은 예전에 부모님이 쓰셨던 것처럼 부부가 사용하는 방이었습니다. 침대는 옛날과 똑같이 창문과 나란히 놓여 있었어요. 훨씬 좁아 보이긴 했지만 모든 게 내 기억과 일치했습니다. 만일 누군가가 내 눈을 가리고 어디로 가는지 모르게 이 방으로 데리고 왔다면, 내가 있는 곳이 어딘지 말할 순 없었겠지만, 이 방이 1945년의 방과 동일하다는 것을 조금도 의심할 수 없었을 겁니다. 늘 눈에 담았던 강변 풍경이 창밖에 펼쳐져 있었으니까요.

침대를 보았어요. 그 침대를 애써 부모님의 침대로 대치하여 생각하려 했고, 옆에 놓여 있던 분홍색 나무 침대를 보려고도 했지요. 사실, '그래, 여기야'라는 생각은 들지 않았어요. 하지만 나는 세상에 분명히 존재하는 이 장소, 이 벽들 사이, 이 창문 옆에서 경이로움이 만들어낸 완전한 감각과 나를 발견하는 막연한 기쁨을 느꼈고, 그곳을 응시하는 시선이 되어 한 사람과 다른 사람을 위해, 다른 사람 이후의 한 사람을 위해, 모든 것이 시작되었고 모든 것이 이루어졌던 방을 보았습니다. 그곳은 오후의 끝자락에 빛으로 물든 삶과 죽음의 방이며, 우연한 수수께끼의 장소입니다.

이곳에서, 나는 간혹 지난 4월의 햇살 가득한 방을 봅니다. 거북하게 내 옆에 서 있던 여주인의 존재와 방 안의 열기를 느낍니다. 때로는 다른 방에 있습니다. 석

양빛에 물든 흐릿한 방. 내 어린이 침대의 난간 사이로 드러누운 작은 그림자. 아무 일도 일어나지 않았던 첫 번째 방은 조만간 사라질 것입니다. 내 경험으로는 항상 그랬습니다. 나는 이미 침대 시트의 색깔과 그 방에 어떤 가구들이 있었는지 잊었습니다. 다른 방은 영원히 남아 있을 거예요.

피터 팬은 부모가 자신의 요람 위를 굽어보는 것을 본 후에 열린 창문으로 달아났어요. 어느 날 다시 돌아오지만 창문은 닫혀 있지요. 요람에는 다른 아이가 있습니다. 그는 다시 달아나버려요. 그는 영원히 자라지 않을 겁니다. 이 버전의 동화에서, 피터 팬은 집집마다 다니며 곧 죽을 아이들을 찾아 나섭니다. 당신은 물론 이 이야기를 알지 못했어요. 나도 중학교 2학년 영어 수업 전에는 몰랐으니까요. 나는 그 이야기를 전혀 좋아하지 않았어요.

1945년 11월 7일은 이브토로 그들이 돌아온 후 3주가 지났을 때였지요. 그들은 당신 바로 옆의 무덤을 계약했어요. 1967년에 그가 먼저 그곳에 묻혔고, 그녀는 19년 후에 묻혔습니다. 나는 노르망디에 잠들어 있는 당신들 옆에 묻히지 않을 거예요. 그걸 원한 적도 없거니와 그렇게 될 거라고 상상조차 하지 않았어요. 다른 딸, 그들로부터 멀리, 다른 곳으로 달아난 딸은 바로 나입니다.

며칠 후 투생 휴가가 돌아오면 언제나처럼 산소에 갈 생각이에요. 이번에는 당신에게 무언가 할 말이 있을까요? 나는 당신에게 말을 건네야 할 필요가 있을지, 이 편지를 썼다는 게 부끄러울지 자랑스러울지, 편지를 쓰고 싶었던 욕구가 정말 있었는지 잘 모르겠어요. 아마 나는 당신의 죽음이 내게 준 삶을, 이번에는 내 차례가 되어 당신에게 돌려주며 가상의 빚을 털어내길 원했던 것 같아요. 아니면 당신과 당신의 그림자로부터 떠나기 위해 당신을 되살리고 다시 죽게 한 걸 수도 있고요. 당신에게서 벗어나려고.

죽은 자들의 오래 지속되는 삶에 대항해 투쟁하려고.

물론, 이 편지의 수신자는 당신이 아닙니다. 당신은 읽지 않을 테니까요. 편지를 받을 사람은 다른 사람들, 바로 독자예요. 내가 이 편지를 쓸 때, 당신만큼이나 보이지 않았던 자들이지요.

　그러나 내 마음 깊은 곳에서는 이 편지가 우리는 상상할 수 없는 신비한 아날로그 방식으로 당신에게 닿기를 원하고 있습니다. 아주 오래전 여름의 일요일에, 어쩌면 튀렝의 방에서 파베세가 자살했던 그날에, 나 역시 수신자가 아니었던 이야기를 통해 당신이라는 존재에 대한 소식을 들었던 것처럼 말입니다.

2010년 10월

나와 당신

신유진(작가)

　　보내지 못하는 편지를 써 본 적이 있는가? 누군가를 부르며 시작하는 편지에 주소를 적지 않았다면, 우표를 붙이지 않았다면, 거기에는 분명 수신인이 아닌 수취인에게 머물러야 하는 이유가 있을 것이다. 말의 무게가 너무 무거워 도저히 건너갈 수 없거나, 떠나는 말이 아니라 돌아와야 하는 말, 그런 이유 말이다. 여기 수신인이 아닌 수취인에게 머무른 편지 한 통이 있다.

편지의 시작은 사진이다. 곱슬머리에 눈빛이 강렬하며, 몸이 마른 아기의 사진. 이어서 또 하나의 사진이 등장한다. 똑같은 사진관의 똑같은 테이블에서 찍은, 역시 곱슬머리이지만 통통한 아기. 그리고 이 편지를 쓴 수취인은 수신인 '당신'을 향해 이렇게 말한다.

"사진 속 아기가 나라고 생각했어요. 아마 그렇게 들었던 것 같아요. 하지만 그건 내가 아닌 당신이었어요."

이제 독자들은 편지의 도입부에 묘사됐던 두 아기가 누구인지 알 수 있을 것이다. '나'인 줄 알았던 몸이 마른 아기는 '당신'이고, 통통한 아기는 '나'다. 분명 사진 속 두 아기가 다름에도 불구하고, '나'는 내가 아닌 '당신'을 의심해본 적이 없었다. 의심이 없던 시절의 '나'는 온전히 존재하지 않았던 것인지도 모른다. 존재하기 위해서는 인식하고 의심하고 발견하고 발견돼야 하니까. '당신'에 대한 비밀이 밝혀진 그날에서야 비로소 존재하기 위한 '나'의 몸짓이 시작된다. '나'를 인식하고 '나'라는 존재에 숨어 있는 '당신'을 의심하면서.

그러니 이 편지의 도입부는 일찌감치 수취인의 의도를 밝히고 있는 것이다. '나'라는 존재 속에 살고 있는 당신을 밝혀, '당신'을 분리해 내는 것. '당신'의 존재를 안 지 60년이 지난 지금, '나'는 '당신'을 덜어내고 온전히 '나'가 되기 위해 '당신'을 부른다.

'나'에게서 분리되어야 하는 '당신', 그렇다면 '당신'은 누구인가? '당신'은 편지의 수신인이자 이야기 속에서 태어나서 이야기 속에서 죽은 자다. 아니 에르노가 태어나기 2년 전, 여섯 살에 디프테리아로 사망했으나 가족의 비밀로 감춰져 있었던 언니.

아니 에르노는 '당신'의 존재를 1950년, 여름 방학에 알게 된다. 그가 10살이 되던 해, '학교길'이라 불리는 골목길에서 그의 어머니는 어느 젊은 여자에게 '당신'의 존재를 밝힌다. 성녀처럼 죽어 성모 마리아와 예수님을 보러 간 착한 아이, 어머니의 딸, 당신의 이름은 지네트다. 어머니의 그 비밀스러운 말은 순식간에 '나'를 '딸'이 아닌 '다른 딸'로 만들었다. 딸이 존재했고, 딸이 떠났고, 그렇기 때문에 존재할 수 있는 또 '다른 딸'. 우리는 이 책의 제목, '다른 딸'이 아니 에르노 자신을 말하는 것임을 짐작할 수 있다.

'다른'의 사전적인 의미는 '해당하는 것 이외의 것'
이다. 자의식이 넘치는 이 세상에서 '이외의 것'이 되
는 일이 어디 쉬울까? 게다가 10살 여자아이 앞에 펼쳐
진 '내가 태어나지 않은 세상의 가능성'은 또 다른 형태
의 죽음을 맛보는 것과 다름없다. '다른 딸'이 아닌 '딸'
이 있는 세상에 그는 존재하지 않으니까. 그러니 아니
에르노가 만난 10살의 비밀은 자신의 존재가 지워지는
첫 경험이었으리라.

그 사건 이후, 아니 에르노는 죽은 이의 반대편에
서 있다. 죽은 언니는 착한 아이, 그는 착하지 않은 아
이, 언니는 빛, 그는 그늘, 전과 후, 더 와 덜, 삶과 죽음.
이미 존재하지 않은 이에 반하여 존재해야 하는 이의
삶을 산 작가는 일기장에 이런 글을 적는다.

어린이- 그게 글쓰기의 기원일까? - 나는 내가 다
른 장소에서 다른 존재로 사는 복제인간이라고 늘 생
각했다. 내가 정말로 살아 있지 않으며, 이 삶은 또 다
른 삶을 허구로 만들어 쓴 '글쓰기'라는 것을. 존재의
부재 혹은 이 가상의 존재를 파고들어야 한다.

어쩌면 허구의 삶을 산 것일지도 모른다는 어린아이의 불안이 지금 우리가 만나는 아니 에르노의 '자전적 소설'의 근원일 것이라 짐작해본다. '문학은 인생이 아니라, 인생의 불투명함을 밝히는 것 혹은 밝혀야 하는 것'이라고 말한 작가의 작품 세계의 시작점 말이다. 생각해 보면 글을 쓰는 일은 어두운 곳에 불을 켜는 일, 그러니까 발견하고 발견되어지는 존재를 향한 일이 아니겠는가. 나는 이제 그가 그토록 밝히고자 했던 그 어둠이 그의 내면임을 알 수 있다. 그리고 그 깊숙한 곳에서 정확한 언어로 나아가는 그의 걸음이 그림자의 근원을 향하고 있다는 것도. 죽은 자를 깨워 다시 죽게 하기 위해. 죽은 자에게서 벗어나기 위해. ㄱ의 말처럼 죽은 자의 오래 지속된 삶에 대항해 투쟁하기 위해.

그래서일까, 나는 이 글이 기억의 합이 아닌 분리를 목적으로 두고 있는 것처럼 보인다. 찢어진 조각을 다시 붙여 온 이전의 작품들과 다르게, 묶여 있던 것을 잘라내기 위한 투쟁. 겹쳐진 그림자를 분리하여 한 번 더 '당신'이라는 비밀을 밝히는 것, 비록 나의 그림자가 '당신'에게서 탄생한 것이라 할지라도 온전히 '나'이길 꿈꾸는 존재의 욕망이 아닐까.

이 편지의 다른 제목을 붙인다면 나는 이렇게 적어 보겠다.

'나'이기 위해 부르는 '당신'.

이제 나는 편지의 처음으로 돌아가 그곳에 적힌 '당신'을 읽는다. 경험하지 않은 일은 쓰지 않는다는 작가가 존재하지 않은 이를 부르는 이유와 마음은 무엇이었을까? 자전적 소설의 새로운 문법이라 불리는 아니 에르노의 이 글을 읽으며 왜 편지여야 했을까, 라는 의문을 품은 독자는 비단 나만이 아닐 것이다.

Nil 출판사의 'Les Affranchis'라는 편지 시리즈 기획의 첫 번째 작품인 '다른 딸'은 한 번도 써본 적 없는 편지를 써달라는 출판사의 제안으로 탄생한 글이다. '할 말을 모두 다 했지만 과거를 넘어설 수 없다면, 마지막 출구는 편지를 쓰는 것이다'라는 출판사의 기획 의도에 따라 작가가 완성한 편지이지만, 이 글이 서한문이어야 하는 또 다른 이유를 찾는 것도 작품을 즐기는 방법이 될 수 있을 것이다.

어쩌면 '당신은 글쓰기로 채울 수 없는 텅 빈 형체

입니다'라는 아니 에르노의 고백에서 짐작해볼 수 있지 않을까. 나는 그가 이야기를 만들 수도 없고, 추억도 없는, 감정과 정서의 언어 바깥에 있는 비언어의 영역의 주위를 맴돌며, 마지막 출구를 찾는 모습을 상상한다. 마지막 출구가 되어 줄 말, 물론 그것은 '부재'를 위한 것이 아니라 '나'를 위한 것이리라. 오래전 카프카가 아버지에게 보내는 편지를 서랍 속에 넣어둔 것처럼, 우리가 숱한 편지를 상자 속에 봉인해 둔 것처럼 그 말들은 그곳에 적혀 전달되지 않고 수취인에게 남은 것으로 그 역할을 다했을 것이다. '당신'이 아니라 '나'에게로 돌아와야 하는 말. 그러니 그곳에서 '나'가 부른 '당신'은 내 안에 깊이 숨은 또 다른 '나'가 아닐까.

결국 그렇게 존재의 의심은 다시 시작된다.

'당신'이라 부른 것은 정말 '당신'일까?

내가 넘어서고자 하는 과거는 '당신'일까, '나'일까?

이제 이 질문의 대답은 편지를 넣어둔 서랍을 열어본 자, 발견하는 자, 독자의 몫이 될 것이다.

옮긴이 **김도연**

한국외대 불어과와 동 대학원에서 프랑스어를 전공하고 파리 13대학에서
언어학 박사과정을 수료했다. 지금은 독자들에게 좋은 책을 소개하고 싶은
마음에 책을 기획하고 만드는 일을 하고 있다. 옮긴 책으로는『가벼운 마음』
『그리움의 정원에서』『나의 페르시아어 수업』『라플란드의 밤』『내 손 놓지
마』『내 욕망의 리스트』등이 있다.

다른 딸
아니 에르노

1판 2쇄 2022년 10월 15일

지은이	아니 에르노
옮긴이	김도연
펴낸이	신승엽
편집	신승엽
사진·디자인	신승엽

펴낸곳	1984Books (일구팔사북스)
주소	전북 익산시 창인동 1가 115-12
전자우편	1984books.on@gmail.com
대표전화	010.3099.5973
팩스	0303.3447.5973
SNS	www.instagram.com/livingin1984

ISBN	ISBN 979-11-90533-08-9

1984BOOKS